Der drachenstarke Hilfedienst 2 – Die Rückkehr der Drachen

© 2024 Florian Strobel
Herstellung und Verlag: BoD – Books on Demand,
Norderstedt
ISBN: 9783759734808

Der drachenstarke Hilfedienst 2 – Die Rückkehr der Drachen

Die Freunde Ramona, Kerstin und Flo hatten im Lotto gewonnen. Nachdem sie im Urlaub einem Drachen das Leben gerettet haben, hilft die gesamte Drachenfamilie mit viel Freude bei dem neu eröffneten Hilfedienst der Freunde. Nun sind die Drachen vor 4 Monaten nach Peru geflogen, um den dortigen Kindern im Rahmen eines Auftrags eine Freude zu bereiten. Seit dieser Zeit werden keine weiteren Aufträge bearbeitet. Trotzdem kommen viele Menschen vorbei und fragen, ab wann wieder Aufträge angenommen werden können. Selbst der Briefkasten bringt den einen oder anderen Brief, speziell die Drachen werden angefragt. Zusätzlich sind die Drachendame Jade und Flo die besten Freunde geworden ...

Ramona fährt mit ihrem roten Fiesta vor und parkt direkt vor der Wohnung. Kerstin kommt ihr entgegen und hilft mit den schweren Taschen, die den Wocheneinkauf beinhalten. Als sie alles verstaut haben, fragt die erschöpfte Ramona, wo Flo ist und warum er nicht mithilft.

„Er ist doch in der Werkstatt, wegen dem Räderwechsel" antwortet Kerstin. „Er müsste aber bald zurückkehren." Ramona setzt sich schwitzend an den Tisch und sieht zu ihrem Tablet. „Hast du bereits geschaut, ob das GPS-Signal unserer Drachenfreunde zu sehen ist?"

Kerstin schüttelt den Kopf. „Ich lass das immer Flo machen. Er freut sich doch am meisten darauf. Hoffentlich funktionieren die GPS-Sender weiterhin."
„Natürlich, Kerstin. Sie laden sich auch mit Sonnenenergie auf. Es wäre unwahrscheinlich, wenn alle drei ausgefallen wären."
Nun hören die zwei ein Auto und jemanden, der aussteigt. Kerstin sieht, dass es Flo ist und öffnet ihm die Tür.

Er kommt mit einem Buch sowie einem Stapel Papier rein. „Ich glaube, ich habe es herausgefunden."

Die Damen sehen sich stirnrunzelnd an und fragen, was er meint. Er knallt das Buch *Ewiges Leben –(k)ein Mythos* auf den Tisch. „Könnt ihr euch nicht erinnern? Ich habe die Daten von diesem sadistischen Doktor Lebü aus der Halle mitgenommen und Tag und Nacht studiert."
Kerstin sieht ihn erstaunt an. „Willst du uns sagen, dass es mit der Unsterblichkeit funktioniert?"
„Nun ja – nicht ganz. Vielleicht wird es am Ende ein Heilmittel für ganz viele Krankheiten. Ich komme aber sehr gut vorwärts und halte euch auf dem Laufenden. Was gibt es zu essen?"

Mitten in der Nacht wacht Flo auf. Er geht leise mit seinem Tablet aus dem Schlafzimmer und setzt sich auf Jades Bett. Er schaltet das Gerät ein und aktiviert die GPS-Suche; kein Piepsen. Keine Anzeige. Seufzend legt er es zur Seite und sieht auf das Poster, das Jade von den Kindern aus der Schule bekommen hat. Jetzt übermannt

ihn wieder die Müdigkeit und er schläft in ihrem weichen
Bett ein.

Flo träumt von Jade, wie sie gemeinsam über Mühlacker
fliegen. Plötzlich wird er durch ein Piepsen aus seinem
Traum gerissen. Welcher Idiot hat einen Wecker HIER in
der Drachenwohnung aktiviert? Er steht auf, um die
Geräuschquelle zu suchen. Als er das Tablet sieht, kann
er es kaum glauben: ein Signal! Flo scrollt auf die
Position und kann sehen, dass das Signal aus Frankreich
kommt. Sein Herz schlägt immer schneller. Er schnappt
sich das Tablet und rennt zu Kerstin und Ramona. Er
reißt die Schlafzimmertür auf, schaltet das Licht an und
jubelt: „Sie sind bald zurück!!"

Kerstin springt mit einem Aufschrei aus dem Bett und
Ramona reißt vor Schreck die Nachttischlampe um.
Wenige Sekunden später registrieren sie erst, dass Flo
jubelnd an der Tür steht. Die Damen fluchen wild und
werfen ihm die Kissen um die Ohren.

Er nimmt es gelassen und hält ihnen das Tablet hin:
„Seht doch! Unsere Freunde kommen zurück."

Kerstin setzt ihre Brille auf und sieht mit Ramona das
Signal. Beide schauen auf die Uhr: 4:15 Uhr. Ramona
sieht mit schweren Augen zu Flo: „Können wir nicht
noch etwas schlafen? So schnell werden sie nicht da
sein."

Flo jubelt ganz aufgeregt. „Wir haben doch den
Öffnungscode geändert. Ich bleibe vor der Tür und warte,
bis sie da sind."

Die Damen verdrehen die Augen und sagen, dass er es
machen soll. „Schalte aber bitte das Licht aus und
verhalte dich ruhig. Wir wollen noch ein paar Stunden
schlafen."

Flo verspricht es ihnen und geht voller Freude ans Fenster der Drachenwohnung. Ramona dreht sich im Dunkeln zu Kerstin und fragt, ob er es wirklich schafft, still zu bleiben.
„Ich weiß es nicht", antwortet Kerstin verschlafen.
„Eigentlich dürfen wir nicht böse auf ihn sein. Schließlich vermisst er Jade viel mehr als wir."
Kurze Zeit später sind beide wieder im Land der Träume.

Wenige Stunden später öffnet sich erneut die Schlafzimmertür. Kerstin schaltet die Nachttischlampe ein; die Damen fragen, was los ist. Sie sehen Flo mit einem nachdenklichen Blick. Jetzt stehen die zwei auf und fragen nach seiner Besorgnis. Zitternd hält er den beiden das Tablet hin. Sie sehen, dass sich nur ein einziges Signal ihrem Standort nähert. Die anderen sind plötzlich verschwunden.
Kurz bevor das Signal die Stadt Mühlacker erreicht, verlassen alle die Halle und halten nach den Drachen Ausschau. Da es Spätherbst ist, können sie nicht viel am Himmel erkennen. Plötzlich hören sie laute Flügelschläge. „Das muss Aris sein", meint Kerstin. Seine starken Schwingen hört man am besten."
Doch sie irrt sich. Die Straßenlampen zeigen Jade. Voller Erstaunen sehen sie, dass sie viel größer geworden ist und ein gelb-goldenes Schuppenkleid trägt. Sie setzt zur Landung an und sieht voller Begeisterung ihre Freunde an.
Keiner weiß, was er sagen soll, aber Flo findet doch noch die passenden Worte: „Jade? Bist du das?"
Sie zeigt ihre Schwingen von allen Seiten, damit jeder ihre goldglitzernde Pracht begutachten kann. Jade kichert: „Gefalle ich euch? Übrigens, wenn ihr wissen

wollt, wo meine Eltern sind: Sie müssen auch bald da
sein.“
20 Minuten später kommen Aris und Ophelia angeflogen
und setzen leicht erschöpft zur Landung an. Aris sieht zu
Flo: „Was hast du meiner Tochter vor dem Abflug
gegeben? Egal, was es gewesen ist: Sowas will ich
auch!“
Flo schmunzelt: „Ich habe ihr die Fotos mitgegeben, die
du vor der Landung an dich genommen hast, mehr nicht.“
Ophelia kommt ebenfalls langsam zu Atem. „Hätten wir
gewusst, dass diese schönen Freundschaftsbilder so viel
Kraft und Ausdauer bringen, hätten wir beim nächsten
Weltflug auch gerne welche von Kerstin und Ramona.
Vielleicht bringt es was und …“
„Warte“, ruft Ramona der luftholenden Ophelia nach.
„Es sind nicht nur Fotos von Flo in dem großen
Umschlag gewesen. Es sind doch wir alle dabei gewesen
…“
Ophelia und Aris drehen sich erschöpft zu Jade um. „Ist
das wahr?!“
Darauf sieht Jade verlegen zu ihren Eltern. „Ups. Das
habe ich vergessen. Unsere Freunde haben es doch
erzählt und …“
Jetzt kommt Kerstin dazwischen. „Wollen wir nicht
erstmal in die Wohnung? Dann könnt ihr euch zunächst
ausruhen. Ich fahre kurz zum Bäcker und hole noch ein
leckeres Frühstück. Mittags könnt ihr uns erzählen, wie
es in Peru gewesen ist.“
Aris grummelt und geht zur Halle. Als er den Zahlencode
eintippt, rennt ihm Flo nach und teilt ihm das neue
Passwort mit. Aris scheint mies gelaunt zu sein: „Wolltet
ihr uns aussperren?“

„Nein. Ab und zu muss der Code geändert werden. Ich glaub, zum Wohle aller, legen wir uns nach dem Frühstück hin. Dann geht es uns bestimmt viel besser."
Nachdem sie gefrühstückt haben, legt sich jeder in sein Bett; bis auf Jade, die ihres aufgrund ihrer Größe nicht mehr nutzen kann. „Floooo? Können wir es uns auf der Wiese bequem machen?"
Die Eltern lächeln und wünschen den Zweien viel Spaß auf der matschigen Wiese. Aris ruft Flo zu, dass er ihm später beim Saubermachen in der Enz helfen würde und legt sich ausgebreitet auf den Bauch.
Auf der Wiese kuschelt sich Flo an die bereits eingerollte Jade, und schläft mit ihr innerhalb kurzer Zeit ein.

Mittags werden alle wach. Jade steht zuerst auf und vergisst den schlafenden Flo auf ihrem Bauch. Er rollt direkt in die große Pfütze und brüllt nur: „JAAADEEE!"
„Ups", kichert sie und hebt ihn vorsichtig aus dem Matsch. Am liebsten würde Flo sie mit Dreck bewerfen.
In der Halle hängt Ramona am Telefon. Sie sperrt sich in der Wohnung ein, damit sie niemand hört. Die Drachen wundern sich, aber lassen Ramona ihr Telefonat in der eigenen Wohnung durchführen.
Als Ramona zurückgekehrt ist, steht Ophelia auf und sieht fragend zu den Freunden. „Sagt mal, wir sind doch eine halbe Ewigkeit nicht da gewesen. In der ganzen Zeit wurden keine Aufträge durchgeführt. Haben wir noch Geld, damit wir in diesem Luxus leben können?"
Darauf sehen sich die Freunde etwas zerknirscht an und setzen sich auf die Stühle. Kerstin seufzt: „Wir haben gehofft, dass ihr es nicht ansprechen werdet. Wir haben nicht gedacht, dass ihr solange abwesend seid und …"

Aris wird ungeduldig: „Jetzt spann uns nicht auf die Folter, Kerstin. Wie sieht es aus?"

„Wir sind pleite. In 10 Tagen müssen wir ausziehen! Wir haben jeden Tag gehofft, ihr kommt rechtzeitig zurück, damit die Arbeit weitergeht. Deshalb müssen wir gleich in die Arbeitshalle, um unser restliches Hab und Gut zusammenzupacken. Wir hoffen, dass ihr glücklich und zufrieden weiterleben könnt. Wir wollten es euch morgen erzählen."

Jetzt sehen sich die Drachen entsetzt und niedergeschlagen an. Sie können es nicht glauben, dass alles, was sie zusammen aufgebaut haben, wie ein Kartenhaus zusammenstürzt. Flo zeigt auf Jades schönen Ring. „Ich fürchte, du wirst den Ring wieder zurückgeben müssen. Mit dem Geld könnt ihr euch ein schönes Leben machen."

„Aber", schluchzt Jade, „das ist mein Freundschaftsring. Der bindet doch unsere Freundschaft für immer und ewig!"

Flo wischt ihr die Tränen weg. „Du wirst mich auch ohne Ring immer in Erinnerung haben. Kommt jetzt bitte mit! Wir müssen in der Arbeitshalle aufräumen."

Nachdem die Freunde vorausgehen, folgen die traurigen Drachen. Sie können sich nicht vorstellen, dass alles vorbei sein soll. Jade würde am liebsten plärrend davonfliegen, aber Aris hält sie fest. „Es wird alles gut. Wir schaffen das."

Kerstin gibt am Hintereingang den Zahlencode ein und das Tor öffnet sich. Jetzt bleiben die Drachen wortlos stehen.

In der Halle stehen Anita, Patricia, Hans und Julia mit einem riesigen, wunderschönen Banner: WILLKOMMEN ZURÜCK!!! Rechts und links daneben

stehen die Kollegen, die für Peru zuständig gewesen sind, sowie die Fotografin. Mit einem Applaus begrüßen sie die Drachen, dass sie gesund und munter zurückgekommen sind. Nun drehen sich die Drachen zu Flo um. Aris packt Flo und hebt ihn hoch: „Das war deine Schnapsidee, oder!? Ich werde dich …"
„STOPP!", ruft Kerstin. „Wir wollten euch zeigen, dass wir euch sehr vermisst haben. Eigentlich sollte es mit einem Feuerwerk und einer schönen Torte geschehen. Nun ist uns auf die Schnelle nichts anderes eingefallen. Ich habe alle bei der Fahrt zum Bäcker informiert. Glaubt ihr wirklich, Ramona wollte nur ein kleines Telefonat machen? Sie hat alle angerufen, dass wir gleich in die Halle kommen. Freut ihr euch denn nicht?"
Ophelia und Jade freuen sich sehr, aber Aris sieht weiter mit finsterer Miene zu Flo. Nun beginnt er zu lachen und hebt den zitternden Flo vorsichtig herunter. „Da hast du aber Glück gehabt. Nach der Aktion mit dem Haferschleim wollte ich mir auch etwas Gemeines einfallen lassen. Ich kann dir aber nicht nachtragend sein." Er streckt ihm seine Krallen entgegen: „Freunde?"
Alle sehen, wie sich Aris und Flo umarmen. Er rubbelt über Flos Kopf und grinst dabei. Nun flüstert Flo ihm etwas ins Ohr. Der Vater hört sofort auf und hält geschockt Abstand. Jade murmelt zu ihren Eltern in der Drachensprache, dass Flo weiß, dass man durch das Kneifen am Ohr einen Drachen kraftlos in die Knie zwingen kann. Sie blicken etwas böse zu Jade: „Solange er es niemandem erzählt …"
Nun drehen sich alle Zuschauer zu Jade, die sich in diesen Monaten mehr als verändert hat. Jade sieht zur Fotografin, die sie um viele Bilder bittet. Darauf dreht sie sich zu ihren Eltern und flüstert ihnen etwas zu. Die

Eltern erwidern in der Menschensprache, ob sie es wirklich will. Sie nickt und wartet darauf, bis sich ihre Eltern neben sie gestellt haben. „Jetzt dürfen Sie schöne Fotos machen", lächelt Jade. „Meine Eltern gehören immer und ewig zu mir." Auf die Frage, ob ihre Freunde auf die Bilder sollen, verneinen sie dieses. „Diese Ehre gebührt nur ihnen", sagt Ramona.

Nebenher spricht Ramona zu Jade: „Ich habe eine sehr gute und eine ganz kleine schlechte Nachricht für dich. Die gute: Die neuen, passenden Matratzen werden heute geliefert und das kleingewordene Bett wird abtransportiert. Die winzige schlechte Nachricht: Das neue Bett kommt erst in 4 Tagen."

Flo streichelt über Jades Bein und fragt, ob sie nicht endlich erzählen wollen, wie es in Peru gewesen ist. Darauf setzen sich die Drachen zu den Freunden und erzählen über die Zeit in Peru. Jade spricht darüber, wie sie mit den Kindern gespielt hat, Aris berichtet über die schweren Aufgaben, die er erledigen konnte und Ophelia freut sich über ihre Geschichten, wie sie am Markt aushelfen konnte. „Durch die zusätzliche Hilfe konnten wir für die Kinder viel Geld einnehmen. Sie haben sich bei uns mehr als bedankt", und zeigt einige Bilder, die sie aus ihrer angelegten Tasche zieht. Darauf bedanken sich die Menschen nochmals für die überaus liebenswerte und hilfsbereite Solidarität der Drachen und rollen ein gigantisches Plakat aus: eine Collage, bestehend aus unzähligen Bildern mit den Kindern und den Drachen in Peru.

Bevor die Frage der Drachen kommt, sagt einer der Männer: „Wir haben die Fotos bereits vor ein paar Wochen erhalten. Deswegen konnten wir rechtzeitig das

Plakat anfertigen. Wir haben gehofft, dass es vor eurer Rückkehr fertig geworden ist."

Als der Abend anbricht und die Drachen mit ihren Freunden alleine sind, möchte Jade nur eins: Lasagne. Sie bittet Kerstin, die Nummer des Lieferdienstes zu wählen, telefonieren möchte sie aber selbst. Der Italiener weiß genau, wer am Telefon ist und fragt, ob es für alle das Gleiche sein soll. Jade dreht sich zu ihren Freunden und Eltern: „Sehr gerne, aber bitte ein bisschen mehr Lasagne als beim letzten Mal."

Sie legt sich auf ihre neuen, riesigen Matratzen und freut sich darauf, dass das passende Bett geliefert und aufgebaut wird.

Nach dem Essen räumt Ramona die Reste in den Kühlschrank und meint: „Heute sollten wir uns für den morgigen Tag ausruhen. Bestimmt steht wieder etwas Arbeit an."

„Schöne Arbeit", lacht Aris. „Ich freue mich sehr, euch Menschen zu helfen." Er dreht sich zu seinem großen Stoffdrachen und zur Collage. „In Peru konnte ich auch eine besondere Dankbarkeit feststellen, die ich so noch nie erhalten habe."

Am nächsten Morgen stehen die Freunde gut gelaunt auf; trotz des Guten-Morgen-Brüllers von Aris.

„Mir hat dieser tierische Wecker mehr als gefehlt", lacht Kerstin.

„Mir auch", gurgelt Ramona beim Zähneputzen.

Flo zieht sich gerade an und sieht auf das Bild von Jade. „Es ist wirklich faszinierend, wie sich Jade verändert hat. Ab sofort können wir zwei dieselben Aufträge erhalten, wie Aris und Ophelia. Allerdings …"

„Allerdings, was?", fragt Kerstin.

„Bisher haben ich und Jade die kleinen Aufträge
genommen, bei denen die Personen wenig Geld hatten.
So ist es doch unser Wunsch gewesen."
„Das stimmt", antwortet Ramona, die aus dem Bad
gekommen ist. „Ich wäre auch dafür, dass wir es so
lassen sollten. Wir können auch mit Aris oder Ophelia
abklären, ob jeder an einem anderen Tag die
Kleinaufträge macht."
Plötzlich hören sie ein Gebrüll von Aris: „Das können
wir gerne machen. Könnt ihr mal zu uns kommen? Wir
haben ein kleines Problem."
Als die Freunde bei den Drachen sind, sehen sie zu Aris,
der etwas Elektroschrott in der Hand hält. Kerstin fragt,
was das ist.
„Es sind die GPS-Sender von mir und Ophelia …
gewesen. Wir hatten sie in Frankreich abgelegt und ich
habe es mir darauf bequem gemacht. Es tut mir leid." Er
dreht sich zu Flo. „Bekomme ich wieder den
Haferschleim zum Abendessen?"
Flo nimmt die Elektroteile von Aris, steckt sie in eine
Plastiktüte aus der Schublade und meint: „Sowas kann
doch passieren, Aris. Außerdem haben wir viel bessere
von Hans und Julia erhalten. Ich hole sie kurz. Übrigens
würde Anita prüfen, ob wir bereits Aufträge haben; aber
nur wenn ihr möchtet."
„Natürlich möchten wir", antwortet Ophelia.
„Hoffentlich darf ich mal wieder zu der Konditorei. Die
Belohnung ist schmackhaft gewesen."
Flo beobachtet Jade, die nachdenklich aus dem Fenster
schaut. Er geht auf sie zu und fragt, was sie auf dem
Herzen hat. Sie dreht sich etwas zerknirscht zu ihm und
bittet ihn, dass sie nach draußen gehen. Nachdenklich
folgt er ihr. Nachdem sie etwas außer Reichweite sind,

hält sie an. „Ich glaube, die bösen Menschen, die mich entführt haben, sind wieder zurück."

„Waaas!? Aber wie kommst du darauf?"

Jade sieht zu den Wolken. „Beim Rückflug habe ich mehrmals dunkle Hubschrauber am Himmel gesehen. Sie hielten immer großen Abstand, aber ich konnte sie erkennen. Um meine Eltern nicht zu beunruhigen, habe ich nichts gesagt, aber …"

„Wir sollten es ihnen sagen!", unterbricht sie Flo. „Mit diesem Gesindel ist es kein Spaß gewesen. Du weißt, dass ich die Unterlagen von diesem sadistischen Doktor Lebü studiert habe. Du willst nicht wissen, was er als nächstes mit dir gemacht hätte."

„Was denn? Bitte sag es mir!"

Flo schüttelt den Kopf. „Mir ist davon richtig übel geworden. Als mich Ramona und Kerstin gefragt haben, was los ist, habe ich sie angelogen und gesagt, dass mir das Essen nicht bekommen ist."

Jade sieht finster zu Flo und hält mit verschränkten Armen an: „Du hast mir gesagt, dass Lügen nie zu einem guten Ende führen kann. Warum hast du es getan?"

Flo stoppt ebenfalls: „Ich weiß es nicht. Ich würde vorschlagen, dass wir beide unser Gewissen reinwaschen und es ihnen erzählen."

Jade nickt, nimmt Flo auf ihren schönen, goldschimmernden Rücken und geht gemütlich zur Wohnung zurück.

Als Flo mit Jade zurückgekehrt ist, wollen sich Ophelia und Aris abflugbereit machen. Jade kann sie noch rechtzeitig stoppen. Grummelnd fragt Ophelia, was los ist.

„Ich habe euch etwas zu sagen", wispert Jade.

Darauf wird Aris mehr als hellhörig und spricht in einem
etwas lauterem Ton: „Was ist los?!"
Jade bleibt tapfer stehen und erzählt es ihren Eltern sowie
ihren Freunden. Nachdem sie sich ausgesprochen hat,
sieht Ophelia in die Luft. „Dann habe ich mich nicht
getäuscht. Sowas habe ich auch gesehen, aber nur ganz
kurz. Ich dachte, es lag an meiner Müdigkeit. Danke,
dass du es erzählt hast, Jade. Nun wissen wir, dass wir
mehr als vorsichtig sein müssen."
Jetzt sieht Ramona zu Aris, der etwas ins Schwitzen
gerät. „Was ist los, Aris? Hast du noch mehr von diesem
Gesindel gesehen?"
„Viel schlimmer", seufzt er und sieht zu Jade und
Ophelia. „Ich habe den Bösewicht entkommen lassen und
ich traute mich nicht, es euch zu sagen. Ich bin ein
Feigling und ein schlechter Vater."
Kerstin geht einen Schritt auf Aris zu: „Hör mit dem
Quatsch auf. Du bist ein sehr guter Vater. Sag einfach,
was mit Doktor Lebü passiert ist", und stupst ihn an.
Aris erzählt die Geschichte, dass er, als er Doktor Lebü
auf dem freien Feld töten wollte, von einem grellen Licht
geblendet worden ist. Als er wieder die Augen öffnen
konnte, war er verschwunden.
„Das muss sowas wie eine Blendgranate gewesen sein",
sagt Flo. „Der Kerl ist wohl mit allem gewappnet. Aber
du hast ihn doch schwer verletzt. Schließlich sind deine
Krallen voller Blut gewesen und …"
„Das ist Blut von einem gerissenen Reh gewesen. Ich …
Ich wollte es glaubhaft machen. Es tut mir leid."
Jade wollte ihn gerade auf das Thema Lügen ansprechen,
aber Flo konnte sie davon abhalten, damit Aris nicht
noch mehr verletzt wird.

Ophelia geht zu ihrem Mann. „Ich finde es großartig, dass du es gesagt hast; und auch noch rechtzeitig. Dann müssen wir jetzt verstärkt auf uns aufpassen!"

„Wir lügen uns jetzt nicht mehr an und bleiben ehrlich, verstanden?!", blafft Jade.

Alle stimmen ihr zu und versprechen es sich gegenseitig hoch und heilig.

Die Drachen streicheln über ihre GPS-Sender an der Hand und bedanken sich für die neuen Geräte.

„Keine Ursache", sagt Ramona. „Die neuen Sender haben einen Notfallknopf. Wenn etwas ist, drückt den Knopf für 2 Sekunden und der Alarm ertönt bei uns allen."

Kerstin überreicht auch Jade den neuen Sender und sieht auf ihr Tablet: „Für euch zwei hätte ich auch einen Auftrag."

Flo sieht sich den Auftrag an und erläutert ihn Jade. Darauf sieht sie etwas finster zu Flo. „Muss das sein?"

„Ach, Jade", beruhigt sie Flo, „sag mir nicht, dass du noch eifersüchtig auf Nadja bist. Wir sind einfach gute Freunde, mehr nicht. Sie hat auch immer nach dir gefragt, weil sie dich vermisst hat."

„Wie oft war sie in meiner Abwesenheit hier? Täglich?"

Flo streichelt sie am Hals. „Sie war kein einziges Mal hier. Sie sagte mir, dass du mich vor ihr sehen sollst. Außerdem soll ich dir zuerst diesen Brief von ihr geben. Soll ich dabei sein oder willst du ihn allein lesen?"

Jade schnappt sich den Brief aus seiner Hand und fliegt wortlos davon. Die Eltern fragen, ob alles in Ordnung ist. Flo erklärt es ihnen und wünscht den Eltern viel Spaß bei den Aufträgen auf den Autobahnen.

20 Minuten später kommt Jade zurück und landet direkt
bei Flo. Ihr Gesichtsausdruck zeigt Fröhlichkeit. „Du
kannst aufsteigen. Kerstin: Du kannst Nadja mitteilen,
dass wir gleich da sind." Vor dem Abflug verbrennt Jade
mit einem kleinen Feuerstoß den Brief. Während des
Fluges überlegt Flo, ob er sie fragen soll, warum sie jetzt
so gut gelaunt ist, aber er schweigt lieber. Er merkt, dass
sie sehr viel schneller fliegen kann und einen schönen,
eleganten Flugstil hat. Er streichelt sie über den Rücken:
„Dein Flugstil ist wirklich wunderschön. Da wird sich
Nadja auch freuen, wenn sie ..." Er wollte sie nicht
darauf ansprechen, aber jetzt ist es zu spät. Jade dreht
lächelnd ihren Kopf: „Vielen Dank für das Kompliment.
Die liebe Nadja wird sich bestimmt freuen, wenn ich mit
ihr zusammen nach Ulm fliege."
„Du meinst, es hat sich bei euch alles geregelt?"
„Natürlich, und jetzt halte dich fest. Wir sind bald da."
Flo findet es faszinierend, wie Jade dicht über den Fluss
fliegt und spürt den einen oder anderen Wasserspritzer.
Er hört sie fröhlich summen, wenn sie leicht nach links
und rechts über das Gewässer schwenkt.
Plötzlich steigt sie auf und bleibt in der Luft stehen. „Wir
sind da. Willst du sie anrufen?"
Flo zeigt zur Haustür. „Schau mal, wer da steht. Deine
Schwingen sind eben unüberhörbar geworden."
Darauf landet Jade etwas holprig und Flo kann sich
gerade noch festhalten.
Sie sieht etwas finster zu ihm und fragt, was das heißen
soll. „Klinge ich etwa wie ein kaputtes Auto?"
Flo beruhigt sie. „Nein, nein. Sie klingen wie die von
Aris: stark und kraftvoll. Wieso bist du wieder so
mürrisch? Doch nicht wieder wegen ..."

Jade stupst Flo an und entschuldigt sich. „Tut mir leid, Flo. Es hat sich alles geklärt, aber ich … ich … habe weiterhin Angst, dass ich …"

Flo gibt ihr einen kleinen Kuss auf ihren Hals. „Es ist alles gut, Jade. Ich bin immer bei dir. Du darfst mich trotzdem wieder Schatz nennen. Schließlich sind wir zusammen und das wird immer so bleiben. Denk immer an deinen Ring!"

Darauf reibt sich Jade eine Träne weg und sieht zu Nadja, die weiterhin an der Tür wartet und die Arme verschränkt. Flo fragt, warum sie nicht zu uns kommt. Jade schmunzelt. „Weil du noch auf meinem Rücken sitzt."

„Wo soll ich denn sonst sitzen?"

Jade nimmt Flo und setzt ihn am Boden ab. Darauf kommt Nadja langsam auf die beiden zu. „Nadja und ICH fliegen nach Ulm. Was du machst, ist uns egal."

„Wieso hast du mich dann mitgenommen?"

„Sie meint, du willst bestimmt mal wieder ins Casino; zumindest hat sie geschrieben, dass du das gerne magst. Wir wünschen dir viel Spaß. Gib nicht unser ganzes Geld aus."

Flo sieht, wie Nadja behutsam auf Jades Rücken gesetzt wird und mit einem Schwung fliegen die beiden davon. Darauf steht Flo völlig verdutzt auf der Straße und sieht zu Jade, die innerhalb von Sekunden aus seinem Blickfeld verschwindet. *Die Nudel hätte mich zumindest zum Casino fliegen können.*

Manche Passanten fragen ihn, ob es einer der Drachen von diesem Hilfedienst gewesen ist, und er von ihr hergeflogen worden ist. Darauf lächelt Flo. „Ja, das ist einer dieser Drachen und ich gehöre dazu."

Bis sein Taxi kommt, unterhält er sich mit den Passanten am Straßenrand.

Währenddessen kommen Aris und Ophelia von den Autobahnen zurück. Die zwei Freunde können Aris verölte Krallen erkennen und fragen lieber nicht, wie es gewesen ist. Er verschwindet wortlos zum Drachenduschraum; sie können ihn aber singen hören, was ein gutes Zeichen ist. Ophelia landet direkt neben ihnen und leckt sich die Krallen ab. „Ich hatte Glück und konnte den Laster mit Schokolade bergen. Aris hatte Pech. Beim Zupacken lief jede Menge Öl aus. Wenn ihr ihm etwas Gutes tun wollt, ruft ihr den Metzger oder den Bauern für ein …"
„Wir haben verstanden", lacht Kerstin. „Ich kümmere mich darum, wenn er zurückkommt. Wollt ihr noch ein paar Aufträge machen? Die sind auch nichts Öliges oder Schleimiges – versprochen."
Ophelia nickt und wartet, bis Aris aus der Dusche zurückkommt. Sie hören ihn etwas in Drachensprache grummeln, worauf Ophelia den Kopf schüttelt. Jetzt fällt Ramona etwas ein und fragt Ophelia, ob das irgendwie möglich wäre, dass sie …
Darauf spricht sie mit Aris. Er meint, dass sie es gerne versuchen können, aber ob das funktioniert, kann er nicht sagen.
„Wir können es abends probieren. Wenn es aber nicht funktioniert, seid ihr nicht schuld", antwortet Ramona.
„Jetzt hätte ich noch folgende Aufträge …"

Jade fliegt mit Nadja fliegen über der Stadt Ulm, verharrt in der Luft und fragt, wo sie landen soll. Nadja zeigt ihr den Rosengarten und schmunzelt: „Ich habe beim

Sprachkurs festgestellt, dass du den Duft der Blumen so magst und an allen geschnuppert hast. Was meinst du zu dieser Idee?"

Das lässt sich Jade nicht zweimal sagen und fliegt fiepsend auf das gigantische Blumenfeld zu. Sie merkt, dass Nadja Probleme beim Festhalten hat. Sie bremst ab und entschuldigt sich für ihren rasanten Flugstil.

„Schon ok, Jade, aber ich muss mir nach der Landung zuerst meine Haare richten."

Jade landet und hilft ihr liebevoll beim Abstieg. Nachdem sich viele Zuschauer versammelt haben, verdeckt Nadja mit ihrem goldschimmernden Flügel die zerzauste Nadja, bis ihre Haare geordnet sind. Nachdem Nadjas Haare an ihrem Platz sind, hebt Jade die Flügel und greift nach ihrer Hand. Beide spazieren wie beste Freunde im gesamten Rosengarten und kichern, wie sie von unzähligen Kindern betrachtet werden. Nebenher schnuppert Jade an allen Blumen und erfreut sich an jedem Duft. Nach einiger Zeit und vielen Zuschauern, die gerne ein Foto mit Jade haben möchten, suchen sich beide ein schönes Plätzchen. Nadja sieht, dass Jade etwas sagen möchte; sie weiß wohl nicht, wie sie es ausdrücken soll. Nadja kann sich das Thema Flo vorstellen und sieht in ihr schüchternes Gesicht. „Es geht um den Brief, den ich dir geschrieben habe, richtig?"

Jade nickt und zeigt sich beschämt. „Es tut mir wirklich leid, Nadja. Obwohl du es mehrmals gesagt hast, hatte ich einfach Angst gehabt, dass du ihn mir …" Jade blickt kurz in den Himmel und dreht sich wieder um. „Flo ist ein sehr netter Mensch, genauso wie Kerstin und Ramona. Du kennst bestimmt die Geschichte, wie sie mich damals aus der Höhle befreit haben. Flo allerdings hat so eine Ausstrahlung zu mir gehabt … bitte vergib

mir, dass ich so böse auf dich war. Es tut mir wirklich,
wirklich leid und …"
Nadja knufft sie an. „Es ist alles ok, Jade. Ich kann dich
gut verstehen. Er ist auch ein netter Mensch und deshalb
…"
„Tut mir leid", unterbricht sie Jade. „Können wir einfach
gute Freunde sein? Du hast es im Brief geschrieben und
ich habe Flo gesagt, dass alles ok wäre."
Jetzt steht Nadja auf, drückt Jade ganz fest: „Freunde für
immer, Jade. Sollen wir noch eine Kleinigkeit essen?"
Plötzlich klingelt Nadjas Telefon: Flo ruft an. Sie schaut
auf die Uhr, die bereits 16:44 Uhr anzeigt. Sie sieht zu
Jade: „Scheiße. Weißt du, wie spät es ist?"
Jade kichert: „Spät, aber es ist doch so ein schöner Tag
gewesen. Außerdem haben wir uns jetzt ausgesprochen.
Danke, Freundin Nadja."
Das Telefon klingelt weiter; Nadja nimmt ab und hält es,
ohne ein Wort zu sagen, an Jades Ohr.
„Hallo Nadja. Ich bin's, Flo. Wo hat dich denn meine
Süße hingeflogen? Ich hoffe, sie hat dich mit ihrer
Eifersucht nicht auf einem Berg ausgesetzt. Bestimmt
vertragt ihr euch mal und …"
„Ich bin's, Jade. Nein, ich habe sie nicht auf irgendeinem
Berg ausgesetzt. Schließlich sind wir beste Freunde
geworden. Wenn du weiterhin so einen Nonsens redest,
kannst du schauen, wie du heimkommst", und schwenkt
ihren Kopf vom Handy weg.
Nadja geht lachend ans Telefon und redet mit Flo, der
nicht weiß, was er jetzt sagen soll. „Wo sollen wir dich
abholen", fragt Nadja. „Wir hatten einen schönen Tag,
aber das kann dir ja später dein Schatz erzählen."
Flo berichtet, dass er nach dem Casino noch etwas
gegessen hat und anschließend zum Solmsee gegangen

ist. Nadja verspricht, dass er von ihnen so schnell wie möglich abgeholt wird und beide legen auf. Während Nadja auf Jades Rücken klettert, gibt sie Flos Standort weiter. Darauf hebt Jade ab und fliegt im schnellen, aber sicherem Flug zu Flo.

Erstaunlicherweise kommen alle Drachen gleichzeitig an. Als sie gelandet sind, will Ophelia, in der Drachensprache, von Jade wissen, wie es mit Nadja gewesen ist und ob sie sich versöhnt haben. Jade antwortet in der Menschensprache, dass es ein wunderschöner Tag gewesen ist.
Flo dreht sich zu Jade: „Das stimmt. Ich habe 1.000 Euro im Casino gewonnen. Dann können wir heute Abend …"
„… Lasagne bestellen!", unterbricht ihn Jade mit einem breiten Grinsen. „Kann ich den Pizzaservice anrufen?"
Flo schmunzelt: „Wenn Aris nichts dagegen hat", und dreht sich zu ihm, der lachend den Kopf schüttelt.
„Sie hat das mehr als verdient. Beim Rückflug aus Peru durfte ich mich manchmal an ihrem Hinterbein festhalten, um Kraft zu sparen. Sie kann sich heute gerne mit Lasagne vollstopfen. Morgen wirst du uns wieder helfen."

Am nächsten Tag stehen alle gut gelaunt auf; besonders Flo, der sich leise in der Nacht zu Jade gelegt hat und sofort eingeschlafen ist. Zuerst sehen die Dracheneltern aufgrund Jades Größe den verträumten Flo nicht. Als er sich plötzlich auf den Matratzen gestreckt hat, kreischt Ophelia vor Schreck, dass selbst Aris zusammenzuckt. Jade beruhigt sie und sagt, dass Flo bestimmt öfters bei ihr schlafen wird. Die Eltern schauen sich etwas skeptisch an, aber sagen schnaufend kein Wort dazu. Flo kann Eins und Eins zusammenrechnen und bittet Jade zu ihrer Morgentoilette. Darauf gibt sie Flo einen Kuss und fliegt aus der Halle.

Als sie davongeflogen ist, spricht Flo ausführlich mit den Eltern über das, was gewesen ist und dass sie sich keine Sorgen machen müssen.

Nun kommen Ramona und Kerstin aus ihrer gemütlichen Wohnung und hören nur, wie Aris und Ophelia ziemlich erleichtert zu Flo sagen: „Dann sind wir beruhigt. Wir waren uns nicht mehr sicher."

Viele Tage vergehen. Etliche Aufträge sorgen dafür, dass weder den Freunden noch den Drachen langweilig wird. Ophelia hat abends den Freunden versucht, die Drachensprache beizubringen, wobei Ramona die besten Fortschritte macht.

Nach dem leckeren Frühstück, was Jade dankeshalber vom Bäcker mitgebracht hat, sieht Ramona auf die Uhr, die bereits 8:50 Uhr anzeigt. „Sollen wir wieder wetten, wer zuerst losfliegen darf?"

Flo schüttelt den Kopf. „Nein. Irgendwie verliere ich immer und muss mich immer um das Abendessen kümmern. Letztes Mal habe ich mit Ophelia gewettet und verloren. Die Kopfmassage war sehr anstrengend …"

„Schade", lächelt Ophelia. „Das hat wirklich gutgetan."

Plötzlich hupt es vor den Hallen. Kerstin sieht aus dem Fenster und erkennt einen Lastwagen der Bettenfirma.

Sie dreht sich zu Jade: „Gute Nachricht, Jade. Ich glaube, dein neues Bett ist da. Willst du ihnen nicht das Tor öffnen?"

Mit guter Laune öffnet sie mit Ramona die Halle.

Nebenher packen 4 Männer viele große Kartons aus dem LKW. Da bisher noch keine Aufträge von Anita eingegangen sind, helfen Aris und Ophelia mit der schweren Last und tragen diese in die Wohnung. Sie erkennen, dass es dieselben 3 Männer sind, die damals die ersten Betten aufgebaut haben; nur der vierte ist neu. Nachdem alles aufgebaut ist, macht der vierte ein Foto vom aufgebauten Bett und lässt die Freunde den Lieferschein unterschreiben. Sie bedanken sich für den Auftrag und wünschen allen einen schönen Tag.

Jade ist über ihr neues Bett mehr als begeistert und legt sich voller Freude in ihr Ruhelager. Kaum hat sie sich hingelegt, klingeln die Handys der Freunde. Flo nimmt den Anruf von Anita an, zeigt während des Gesprächs ein Lächeln und sieht mehrmals zu Aris.

Nach dem Anruf klatscht er Aris auf die Flanke: „Herzlichen Glückwunsch! Heute hast du einen Tag voller Langeweile. Du hast doch dem Angler versprochen, dass ihr zusammen einen Ausflug macht. Ich wünsche dir viel Spaß!"

Zuerst verdreht Aris die Augen und grummelt etwas vor sich hin. Als er am Bett die schönen Fischkissen sieht, hält er sein Versprechen gerne ein.

„Sehr schön", lächelt Flo. „Ihr trefft euch in einer Stunde am See in Illingen, aber zuvor musst du beim Angelgeschäft die Köder abholen. Bezahlt sind sie schon."

Aris nickt, gibt Frau und Tochter einen Stups an die Nase und fliegt mit seinem Fischkissen los.

Während Aris davonfliegt, geht Kerstin auf die zwei Drachinnen zu. „Ihr dürft zum Kinderkrankenhaus nach Pforzheim fliegen. Dort werden wieder Geräte umgestellt. Bestimmt werden sich die Kinder sehr freuen, wenn sie euch sehen." Kerstin blickt zu Jade, die weder glücklich noch traurig ins Leere schaut. Kerstin streichelt

Jade am Hals. „Ich weiß, dass du lieber mit Flo die
Aufgaben erledigen möchtest, aber jetzt hast du doch
deine Mutter dabei. Freust du dich da nicht?"
Jade zuckt und ist wieder bei der Sache. „Natürlich ist
das in Ordnung, aber …"
Kerstin streicht über Jades Freundschaftsring. „Heute
Abend wird Flo auf dich warten. Außerdem werden deine
nächsten Aufträge mit Flo sein – versprochen!"
Darauf zeigt Jade ein kleines Lächeln. Ophelia streichelt
über den Kopf ihrer Tochter und murmelt ihr etwas in
Drachensprache.
Beim Abflug ruft Jade zu Flo: „Bis heute Abend. Darauf
freue ich mich schon."
Als sie außer Reichweite sind, fragt Flo, was Jade damit
gemeint hat. Ramona und Kerstin zucken grinsend die
Schultern.
Während die Freunde zur Arbeitshalle gehen, hält
Ramona abrupt an; Kerstin und Flo stoppen und sehen
fragend zu ihr. „Ich habe eine Frage an euch. Die
Drachen sind doch nur am Arbeiten. Selbst die gute Tat
nach Peru hat ihnen viel Kraft gekostet, wie wir bei Aris
und Ophelia gesehen haben. Was haltet ihr davon, wenn
wir ihnen eine Art Erholungsurlaub gönnen?"
„Das ist eine sehr gute Idee", antwortet Kerstin. „Ophelia
habe ich schon mehrmals darum gebeten, dass sie sagen
soll, wenn es zu viel wird. Allerdings meint sie immer,
dass sie sowas nicht brauchen."
Flo schnippt mit den Fingern. „Ihr habt Recht. Kein
Mensch oder Drache kann ohne eine größere Pause
arbeiten. Jetzt sind die Drachenfreunde unterwegs. Lasst
es uns auf Jades großem Bett bequem machen und wir
suchen gemeinsam etwas Passendes für die drei.

Zur selben Zeit sitzen zwei fremde Männer mit Sonnenbrille an Computern mit Kopfhörern. Sie hören gespannt und aufmerksam die Gespräche der Freunde. Plötzlich ruft einer der Männer durch die Halle.

„Doktor Lebü! Kommen Sie her. Wir wissen, wo sich bald ALLE Drachen befinden."

Lebü steht in seinem kleinen Labor auf und geht auf den Mann zu. Er fragt, was er über die eingebaute Wanze im neuen Drachenbett gehört hat.

„Sie wollen den Drachen einen Erholungsurlaub schenken. Hier sind die Daten, wohin es wahrscheinlich gehen soll."

Der Doktor schnappt sich das ausgedruckte Papier und sieht es sich genau an. Sein bösartiges Lächeln kann jeder seiner Schergen gut erkennen.

„Ausgezeichnet. Nicht weit entfernt habe ich ein Labor. Dort können wir zuschlagen."

Er holt ein weiteres Exemplar des Buchs *Ewiges Leben – (K)ein Mythos* und knallt es neben dem Gauner auf den Tisch. „Dieses Mal bekommen wir für weitere Tests alle Drachen auf einmal. Bleibt dran und gebt Bescheid, wann die Reise losgeht. Diesmal geht nichts schief und wenn es nicht funktionieren sollte, können sich die Viecher von ihrem Leben verabschieden …"

Er befiehlt drei Männern, schnellstmöglich mit einem Hubschrauber zum Labor zu fliegen, um alles vorzubereiten …

Spät nachmittags kommen die Drachenfreunde nach und nach zurück. Aris bringt eine Tüte mit 3 großen Karpfen, Ophelia und Jade viele selbstgemalte Bilder der Kinder aus dem Krankenhaus mit. Da sich Flo und Kerstin mit dem Gutschein für die Drachenfreunde beschäftigen,

empfängt Ramona die Freunde vor der Halle. Zuerst
kommen Jade und Ophelia auf sie zu und überreichen ihr
die selbstgezeichneten Bilder der Kinder.
„Die müssen wir wieder aufhängen", spricht Jade voller
Stolz. „Schließlich wurden sie für uns mit ganz viel
Liebe gemacht und in der Wohnung hat noch viel Platz."
Ophelia dreht sich zu ihrer Tochter. „Das darfst du gerne
mit Flo machen. Ich überlege gerade, was wir mit dem
Fisch machen."
Sie sieht zu Ramona, die nicht sehr erfreulich in die
Fischtüte blickt.
„Mögt ihr eigentlich Fisch? Ich habe euch noch nie
gesehen, wie ihr einen verspeist."
Ramona schüttelt den Kopf. „Tut mir leid, aber wir sind
keine Fans davon. Trotzdem werden wir euch diese in
der Pfanne oder im Backofen zubereiten. Wir suchen ein
paar Rezepte und geben unser Bestes, versprochen."
Sie sehen Kerstin und Flo mit guter Laune aus der
Wohnung aufkreuzen und Ramona mitteilen, dass die
Überraschung fertig ist.
Aris sieht skeptisch zu Flo und fragt, was dies für eine
dämliche Überraschung sein wird.
„Wart's nur ab", antwortet Flo. „Sei mal nicht so mies
gelaunt. Wir zeigen es euch nach dem Abendessen."
Am Abend sehen Ophelia und Jade, wie sich Kerstin und
Ramona mit der Zubereitung der Karpfen mehr als
bemühen. Jade flüstert zu Ophelia, warum sie den Fisch
überhaupt braten; man kann ihn doch roh essen.
„Ich glaube, sie essen ungern roh", antwortet Ophelia
und schnuppert den Duft aus der Pfanne. „Es riecht sehr
gut."

„Wir können nächstes Mal das Schaf in den Backofen stopfen", lacht Aris. Dann können es unsere Freunde auch essen."

„Wir können dir auch wieder den ekelhaften Haferschleim zubereiten", giftet Kerstin zurück. „Die Karpfen reichen euch ja nicht zum Essen. Die sind in einem Happs weg."

„Das ist schon in Ordnung, Kerstin. Mein Ehemann möchte etwas abnehmen", und streckt Aris ihre blaue Zunge raus.

Nach dem Essen fragt die neugierige Jade, was das für eine Überraschung ist. Darauf fauchen die Eltern Jade an. Nun geht Ramona dazwischen und bittet die Drachen, es sich auf ihren Betten bequem zu machen. Sie holt ein eingerolltes Poster und stellt sich zu Kerstin und Flo.

Kerstin sieht zu Aris, der weiterhin skeptisch blickt: „Liebe drachenstarke Freunde. Vor langer Zeit haben wir uns durch Zufall gefunden. Wir hätten nie gedacht, dass sich die Freundschaft zwischen uns allen so schön entwickelt. Besonders fällt uns auf, dass ihr uns ohne den Gedanken einer Gegenleistung helft und niemals an eine Pause oder Gegenleistung denkt."

„Aber", widerspricht Ophelia. „Wir ruhen uns immer sonntags und jeden zweiten Samstag aus. Da machen wir doch nichts."

„Ophelia", schmunzelt Kerstin. „Da arbeitet fast niemand, dass wisst ihr doch. Trotzdem habt ihr den einen oder anderen Auftrag gemacht, obwohl wir euch gesagt haben: Ihr sollt euch ausruhen!"

Jetzt geht Flo einen Schritt nach vorne. „Ihr habt bereits so viel getan und wollt nie etwas dafür. Jetzt haben wir gedacht, dass wir euch etwas Gutes tun können. Kerstin? Ramona? Seid ihr soweit?"

Flo geht zur Seite und lässt die Freunde vor den Augen der Drachen das Poster abrollen.

Auf einer Collage sehen sie eine Wiese, Cocktailbars, mehrere Swimming-Pools und ein großes weißes Gebäude mit dem Schild *Entspannungszentrum Relax – Wir sorgen uns um Ihr Wohlbefinden*.

Nach 15 Minuten schauen sich die Freunde an, denn die Drachen betrachten still die Collage und sagen keinen Ton dazu. Kerstin ergreift die Initiative. „Gefällt es euch nicht? Haben wir etwas falsch gemacht?"

Die Drachen zucken gleichzeitig zusammen und sehen zu den Freunden. „W... wollt ihr uns einen Tag Urlaub schenken? A... aber warum?"

„Wir wollen euch keinen einzigen Tag Urlaub schenken", kichert Ramona. Ihr bekommt so viele Tage oder Wochen, wie ihr möchtet. Bisher haben wir 2 Wochen im Voraus gebucht, aber wenn ihr mehr möchtet, dann ..."

„Ich glaube", unterbricht sie Ophelia. „Das ist mehr als genug. Vielen, vielen Dank. Wer von euch ist auf diese Idee gekommen und wann geht es los?"

„Wir alle", antwortet Kerstin. „Wir können bereits morgen früh aufbrechen."

Aris streckt sich. „Dann solltet ihr mal ins Bett. Ich will nicht, dass ihr mir während des Fluges vom Rücken stürzt ..."

Am nächsten Morgen stehen alle mehr oder weniger wach auf. Die Freunde schnappen sich nach dem Frühstück ein paar Sachen und warten, bis die Drachen bereit sind. Jeder klettert auf einen anderen, die fürsorglich die Taschen nehmen und heben ab. Der Flug nach Bayern beginnt.

Am Hotel angekommen, landen die Drachen am großen Parkplatz. Während Flo mit guter Laune ins Hotel spaziert, bleiben Ramona und Kerstin bei ihren Freunden. Damit es nicht langweilig wird, zeigt Kerstin auf die große grüne Wiese: „Ihr habt ja bereits gesehen, wo ihr euch überall entspannen könnt. Leider könnt ihr nicht wie wir ins Hotel, aber Flo klärt gerade etwas Besonderes für euch ab."

Die Drachen sehen fragend zu Kerstin.

„Etwas Besonderes? Für uns? Was soll das sein?"

Kerstin schmunzelt. „Lasst euch überraschen. Schließlich soll es für euch ein besonderer Urlaub werden."

Bevor Aris nochmals ernster nachfragen kann, was sie erwartet, kommt Flo mit einem Mann im Anzug zurück. Der Herr stellt sich als Hoteleigentümer vom Relax vor und begrüßt jeden Einzelnen. Er fühlt sich geehrt, dass die Drachen diesen Wellnessurlaub bei ihm gebucht haben.

Die neugierige Jade will sofort wissen, welche Überraschung auf sie zukommt, und sieht mit einem Hundeblick zum Direktor. Er schaut zu Flo, der den Kopf schüttelt.

„Tut mir leid, Jade, aber du erfährst es heute Abend. Zuerst zeige ich euch die komplette Außenanlage."

Als sie den gesamten Außenkomplex betrachtet haben, kommen zwei gut gebaute Männer zum Direktor. Diese sehen während des Gesprächs öfters zu Ophelia. Danach gehen sie zur Drachin und sagen mit einem Lächeln:

„Wir hoffen, dass euch unsere Aufgabe gefällt. Wir sehen uns morgen gegen 11 Uhr. Wir treffen uns hier, ok?"

Ophelia sieht zu Flo, der unwissend mit den Achseln zuckt.

„Ähm … ja … ok", sagt die Drachenmutter. „Dann sehen wir uns morgen."

„Prima", sagt der Zweite „Bringen sie viel Entspannung mit – mehr nicht."

Ophelia sieht den Männern nach, aber Flo sieht zum Drachenvater.

„Um die Spannung aufrecht zu erhalten, erfährst du morgen, was dich erwartet, größter Fan von Überraschungen."

Aris möchte am liebsten auf Flo zugehen, aber Jade stellt sich dazwischen und flüstert ihm was in Drachensprache zu. Widerwillig bleibt er stehen und fragt, ob er sich auf diese große Wiese legen kann.

„Selbstverständlich. Wir stecken extra den vorderen Bereich ab, wo keiner …"

„Nein!", protestieren Jade und Ophelia unisono. „Wir wollen nicht gesondert behandelt werden." Jade zeigt auf viele Menschen, die bereits beim Rundgang zu ihnen gesehen haben. „Vielleicht wollen sie ein Bild mit uns oder brauchen unsere Hilfe und …"

„Jade", grummelt Flo. „Das soll euer Entspannungsurlaub sein. Ihr werdet nichts arbeiten – nur entspannen."

„Aber wenn jemand unsere Hilfe braucht? Darf ich dann nicht helfen?"

Flo holt tief Luft. „Wenn sonst niemand helfen kann, erlaube ich es dir, aber wenn es sich wiederholt, dann …"

Jetzt geht Ramona dazwischen und beruhigt Flo. „Lass sie doch. Du bist in der Fabrik auch nicht besser gewesen und hast mehr getan als nötig. Kannst du dich nicht erinnern, als du trotz Krankmeldung …"

„Aha", lacht Jade. „Du bist auch nicht besser. Also kann ich auch machen, was ich will. Danke für die Info, Ramona."

Flos Blick zu Ramona sieht mehr als finster aus, aber er murmelt: „Mach, was du willst. Wir sind morgen sowieso nicht mehr hier."

Jades Ohren spitzen sich. „Wieso, geht ihr morgen? Wollt ihr nicht bei uns bleiben?"

Kerstin schüttelt den Kopf. „Nein, es ist euer Urlaub. Ihr sollt euch in aller Ruhe entspannen.

Darauf sehen die Freunde, wie Jade ein trauriges Gesicht macht.

„Entschuldigt uns", spricht Flo. „Wir sind gleich wieder da", und verschwindet mit Ramona und Kerstin im Hotel, damit die Drachen nichts hören.

„Was machen wir jetzt", fragt Flo. „Sollen wir Jade zuliebe hierbleiben?"

„Das können wir nicht", antwortet Ramona. „Wir haben im Hilfedienst genug zu tun. Wir haben viele wichtige Termine."

„Stimmt", meint Kerstin. „Die können wir nicht nochmals verschieben."

Flo denkt angestrengt nach und sieht zu Jade, die sich mit einem traurigen Blick an Ophelia lehnt.

Flo will gerade den beiden etwas vorschlagen, aber Ramona ist schneller.

„Passt auf. Kerstin und ich fahren morgen zurück. Du kannst noch ein paar Tage bleiben. Dann freut sich Jade. Was wolltest du vorschlagen?"

„Deine Idee ist besser", meint Flo. „Gehen wir zurück und teilen es ihnen mit."

Als die Freunde zurückkommen und die gute Nachricht überbringen, drückt Jade Flo so fest, dass er fast keine

Luft mehr bekommt. Ophelia faucht Jade an, damit sie ihn wieder loslässt. Aris sieht zu Flo, der nach Luft schnappt. Wenn Jade nicht aufpasst, kann sie sich bald einen neuen Freund suchen ...

Den ganzen Tag vergnügen sich alle im großen Wellnesszentrum. Aris und Ophelia fliegen und erkunden die Umgebung. Jade bleibt bei ihren Freunden.
Am frühen Abend kann Jade nicht mehr warten und fragt Flo nochmals, wann sie ihre Überraschung erhält. Er tippt ihr auf die Nase: „Du kannst es wohl nicht warten, meine Süße. Deine Neugier wird dir noch zum Verhängnis werden."
„Das ist mir egal", lacht sie. „Wie sieht es aus? Wann?"
Flo schüttelt grinsend den Kopf. „Wenn es dunkel wird, wirst du es genau hier sehen. In etwa 30 Minuten geht´s los."
„Aber nach dem Schild am Eingang wird um die Uhrzeit das Abendessen im Speisesaal serviert. Du willst doch was essen und ..."
Plötzlich macht Jade große Augen. „Willst du mir sagen, dass wir ..."
Flo nickt und küsst sie auf die Backe. „Das ist meine Überraschung für dich. Ein romantisches Candle-Light-Dinner."
Noch bevor die Dunkelheit angebrochen ist, kommen fünf Damen und Herren mit einem Tisch, Stuhl und zwei windgeschützten Kerzen. Nachdem sie mit dem Dekorieren fertig sind, nehmen die zwei am Tisch Platz und der romantische Abend beginnt ...

Am nächsten Morgen stehen Kerstin und Ramona aus ihren schönen, kuscheligen Betten auf. Ramona sieht zuerst zu Flo, der fest schläft und eine Alkoholfahne verbreitet. „Als wir gestern auf unser Zimmer gegangen sind, war Flo mit Jade noch draußen. Sollen wir ihn fragen, wie sein Rendezvous gewesen ist?"

„Ich glaube, er schläft noch einige Stunden. Wenn, dann soll er es von sich aus erzählen. Was ich mich frage: Sind Ophelia und Aris zurückgekommen?"

Kerstin zuckt mit den Schultern. „Das ist eine gute Frage. Ich denke, die sind wieder da."

Nachdem sie sich im Bad frischgemacht haben, begeben sich die zwei nach draußen. Als sie Jade beim Aufstehen sehen, fällt ihnen die Abwesenheit der Eltern auf. Sie gehen auf Jade zu und fragen, wo ihre Eltern geblieben sind.

Jade lächelt, während sie sich reckt und streckt. „Ich weiß es nicht, aber ich möchte wissen, wo mein süßer Flo geblieben ist. Er liegt bestimmt im Bett, denn was er nach dem vielen Wein gemacht hat, wollt ihr nicht wissen."

„Das wird auch besser sein", lacht Ramona.

„Hauptsache, es gibt keinen Ärger."

Kurze Zeit später kommt ein Herr vorbei und fragt, ob sie ihr Frühstück zusammen mit dem Drachen Jade einnehmen möchten. Jade sieht in den Himmel und grinst. „Da oben kommen noch zwei, die bestimmt mit uns zusammen frühstücken möchten. Der Mann sieht nach oben; er kann Ophelia und Aris erkennen, die bereits zur Landung ansetzen. Darauf winkt er zu den Bediensteten am Außenbuffet, die sofort verstehen, was zu tun ist.

Während die Herren alles aufbauen, fragen die Freunde, wo er und Ophelia gewesen waren. Darauf kratzt sich

Aris lächelnd am Hinterkopf. „Nicht böse sein, aber wir wollten auch unser eigenes Rendezvous haben und …"
„Das reicht völlig", lacht Kerstin und wechselt zu einer ernsten Miene. „Solange keine schwarzen Hubschrauber in der Nähe gewesen sind …"

Doktor Lebüs Handy klingelt. Er sieht auf dem Display, dass es ein Mann aus Teisendorf in Bayern ist und nimmt das Gespräch an. Er hört ihm aufmerksam zu und macht sich viele Notizen. Als der Doktor fragt, ob sie die Drachen nicht betäuben konnten, kommt nur die Antwort: „Sie sind auf einem hohen Berg gewesen und in einer Höhle verschwunden. Wir konnten sie nur mit einem Fernglas sehen und …"
„Ihr habt doch mehrere Hubschrauber. Seid ihr zu Fuß unterwegs gewesen?"
„Wir haben sie mit dem Auto verfolgt. Wir wussten nicht, dass …"
Doktor Lebü legt fluchend auf: „Meine Männer sind echt zu blöd dazu. Jetzt hätten wir die erwachsenen Drachen gehabt."
Er schlägt auf den Tisch, dass die Kaffeetasse zu Boden fällt. „Ich muss es selbst tun. Refleh! Ich brauch einen Hubschrauber! Sofort!"
Refleh sieht mit Schweißperlen auf der Stirn zu ihm. „Es tut mir leid, aber die sind gerade in der Wartung und werden auf Hochtouren zum Laufen gebracht. Morgen früh können wir starten – versprochen."
„Das will ich hoffen!", brüllt der Doktor. „Bereitet das Mittel für die Drachen vor und vergesst die Betäubungsspritzen nicht …"

Während des Frühstücks zeigt die gesamte Drachenfamilie ein Lächeln. Kerstin und Ramona denken, dass es nicht nur um den Entspannungsurlaub geht, aber sie genießen weiterhin das leckere Frühstück. Schmunzelnd zeigt Aris auf Flo. „Da kommt er, aber warum läuft er so wackelig?"

Jade kichert. „Das ist eine lange Geschichte. Er hätte lieber liegen bleiben sollen, denn …"

„Guten Morgen", stöhnt Flo. „Wieso seid ihr schon wach?"

Ophelia hält Flo in letzter Sekunde fest, bevor er zu Boden stürzt. Sie ruft einen Kellner herbei und sagt ihm, dass er Flo mit einem kleinen Frühstück wieder aufs Zimmer bringen soll. Der Kellner sieht zu Flo und ruft einen Kollegen. Zusammen tragen sie Flo aufs Zimmer zurück.

Nach dem leckeren Essen teilt Kerstin den Drachenfreunden mit, dass sie sich langsam fertig machen sollten. „Der Zug kommt in 50 Minuten und …"

„Seid ihr bescheuert?", schnaubt Aris und blickt zu Jade, die gerade mit Genuss ein Käsebrötchen verspeist. „Jade fliegt euch heim. Sie ist viel schneller als so ein komischer Zug."

Mit vollem Mund protestiert Jade: „Aber ich wollte mir das schöne …"

„Sei still!", faucht Ophelia. „Du fliegst unsere Freunde nach Hause. Ich werde später meine schöne Überraschung erleben und Aris auch …"

Jade blickt grummelnd zu ihren Eltern. „Ja, ja. Ist gut", und meckert in der Drachensprache. Kerstin hat einen Teil von Jade verstanden. Nachdem sie es Ramona erzählt, schüttelt sie den Kopf. „Jade flucht extrem.

Meine Mutter hätte mir schon längst eine Ohrfeige gegeben."

Nachdem beide ihre Sachen gepackt haben und sich vom schlafenden Flo verabschiedet haben, gehen sie auf Jade zu. Sie hilft den Freundinnen beim Aufsitzen, schnappt deren Taschen und fliegt los.

Die zwei Freunde merken, dass Jade viel schneller und geschmeidiger fliegen kann als früher. Während des Fluges entschuldigt sich Jade für ihre vorherige Ausdrucksweise. Darauf lacht Ramona. „Wir Menschen sind auch nicht besser. Bleib wie du bist." Darauf lächelt Jade und fliegt fröhlich weiter.

Ophelia hat zuvor von Kerstin erfahren, was sie erwartet; täglich eine wunderschöne Massage. Sie ist ganz aufgeregt und wartet am vereinbarten Treffpunkt. Aris bleibt bei ihr und möchte wissen, was sie bekommt. Nachdem sie es ihm erzählt hat, sieht er den zwei gutaussehenden Männern nach. Ophelia sieht es ihm an und flüstert ihm etwas ins Ohr. Darauf dreht er sich überrascht zu ihr. „Macht es dir nichts aus? Bist du dir sicher? Schließlich ist das DEIN Geschenk und ich soll etwas anderes erhalten."

Ophelia kneift ihm in die linke Wange. „Wieso sollte ich? Ich möchte, dass es dir genauso gut geht, wie mir. Außerdem sollten wir unserer Tochter zeigen, dass wir unsere Eifersucht im Griff haben. Vielleicht schafft sie es auch - endgültig."

Aris denkt über die früheren Vorfälle nach. Nach kurzem Überlegen stimmt er ihr zu, und gibt ihr einen Kuss zwischen ihre Nüstern.

Als die Männer auf Ophelia zugehen, hält Aris sie an und fragt, ob er auch eine Massage erhalten kann; von zwei netten Damen. Zuerst drehen sie sich zu Ophelia um, die freundlich nickt. „Geht in Ordnung, Aris. Sollen wir die Überraschung, die zuerst für Sie gedacht ist, absagen?" Aris nickt und entschuldigt sich für die Mühen, die dafür bereits getätigt worden sind.

Der eine Masseur lächelt. „Das ist kein Problem. Ich gehe kurz zum Direktor und teile die Umstellung mit. Vielleicht haben Sie Glück, und Ihre Massagen können zeitgleich beginnen." Aris stuppst ihn an. „Schon gut und nicht vergessen: Duzen ist o.k. ..."

Kurze Zeit später kommt Jade in Mühlacker angeflogen und setzt neben der Wohnung zur Landung an. Die Freunde rutschen ihren Rücken hinab und nehmen die Reisetaschen, die sie von Jade in die Hände gedrückt bekommen. Als sich Ramona von Jade verabschieden will, fragt Jade, ob sie nicht kurz duschen kann. „Ich möchte glänzen, wenn ich zu Flo zurückkomme und ..." Kerstin schmunzelt: „Wir haben dich schon verstanden", und tippt den Öffnungscode zur Tür ein. „Hast du noch einen Wunsch, den wir dir erfüllen können?"

Jetzt errötet Jade und murmelt Kerstin ins Ohr. Sie schüttelt lächelnd den Kopf, aber stimmt ihrer Bitte zu.

Als Kerstin mit Jade Richtung Duschraum geht, nimmt sie den Schwamm in die Hand und sieht zur erstaunten Ramona: „Dreimal darfst du raten, was ich Jade versprochen habe. Nächstes Mal machst DU sie blitzeblank, wenn sie Flo überraschen will."

Ramona kratzt sich am Kopf: „Sie ist doch schon so oft mit Flo unterwegs gewesen und hat sich bisher immer selbst unter der Dusche sauber gemacht."

„Das stimmt, Ramona. Durch ihre neuen glänzenden Schuppen sieht man jetzt jeden Dreck und vielleicht …"
„Kerstin", brüllt Jade aus dem Duschraum. „Wo bleibst du? Das Wasser läuft schon ewig."
Nach einiger Zeit kommt zuerst Kerstin aus dem Duschraum zurück und wirft grummelnd den Schwamm bis unter Jades Drachenbett. Während der Fön läuft, murmelt Kerstin zu Ramona: „Jade scheint sehr pingelig zu sein, wenn es um ihre Sauberkeit geht. Flo kennt sie doch, wenn sie im Dreck gelegen ist."
Darauf kichert Ramona. „Drachenfrauen. Dann lassen wir sie das nächste Mal die Drecksarbeit machen. Vielleicht braucht die Müllabfuhr wieder unsere Hilfe …"
Nachdem Jade aus dem Duschraum zurückgekommen ist, sieht sie sich nochmals im Spiegel an; sie ist sehr zufrieden.
Sie bedankt sich nochmals bei Kerstin und fliegt zurück nach Traunstein.

Im Hubschrauber klingelt Doktor Lebüs Handy und er hebt ab. „Was ist los? Die Drachen sind doch nicht mehr zu Hause. Wieso observiert ihr …"
„Ich bins, Noips", unterbricht ihn der Gauner am Kopfhörer. „Ich habe geprüft, ob die Wanze noch funktioniert und per Zufall gehört, dass der gelbe Drache gerade in Mühlacker war. Nun fliegt er wieder zurück nach Traunstein. Passt auf, dass er euch nicht in der Luft sieht."
„Ihr scheint doch nützlich zu sein. Vielleicht erwische ich ihn aus der Luft. Wir sind nämlich mit drei Helikoptern unterwegs. Vielen Dank für die Information", und legt mit einem diabolischen Lächeln auf.

Flo kommt aus seinem Hotelzimmer und scheint wieder einen klaren Kopf zu haben. Er fragt am Empfang, wo die Drachen und ihre Freundinnen sind. Die Dame lächelt und zeigt nach draußen: „Die Drachen Ophelia und Aris werden gerade von unserem Massageteam verwöhnt. Die Damen Kerstin und Ramona sind bereits abgereist. Kann ich noch etwas für Sie tun?"

Er schüttelt den Kopf. „Nein, aber vielen Dank. Was ich jetzt brauche, ist etwas frische Luft."

Während er zu den Drachenfreunden geht, überlegt er sich, wieso beide massiert werden. Aris hätte doch die … und bleibt vor ihnen wie angewurzelt stehen. Er sieht die zwei Herren, die Ophelia durchkneten sowie zwei Damen, die das Gleiche bei Aris tun. Er geht zu Ophelia, die gerade auf dem Rücken liegt und leicht verträumt zu Flo sieht.

„Hallo Flo. Geht es dir genauso gut wie mir?"

„Mir geht es wieder sehr gut. Wieso wird Aris von den Damen massiert? Früher wärst du ausgerastet und Aris von dir gepeinigt."

„Ach Flo", lächelt Ophelia. „Das wäre mal gewesen, aber wir haben uns endlich vertragen. Wenn du uns jetzt in Ruhe lassen würdest. Es ist so schön …"

Flo sieht erstaunt zu Ophelia. Wenn es so leicht bei Jade mit der Eifersucht gehen würde. Ein Fehler und sie wirft mich in die Enz.

Darauf legt er sich auf die schöne Wiese und blickt verträumt in den Himmel. Nebenher hört er von den Dracheneltern ein Brummen, verursacht durch die Massage. Seine Augen werden schwer und Flo schläft wieder ein.

Jade fliegt in einem gemütlichen, aber schnellen Tempo über die Wälder und Berge. Sie macht über dem Tegernsee mehrere Schrauben und sieht im glasklaren Wasser ihre goldglänzende Pracht. Plötzlich spitzt sie ihre Ohren und wird langsamer. Sie dreht sich um und zuckt zusammen.
Hinter ihr befinden sich drei dunkle Punkte, die langsam auf sie zukommen. Sind das die bösen Menschen in Hubschraubern? Jade überlegt, was sie tun soll, und fliegt zum nahegelegenen Wald. Sie sucht aus der Luft ein Versteck und sieht erleichtert eine Lichtung, auf der sie im Sturzflug landet. Sie versteckt sich zwischen den dichten Laubbäumen. Eingerollt legt sie sich auf den Boden und versucht viele Blätter auf sich zu legen. Sie hofft, dass die Ganoven nicht wissen, wo sie gelandet ist. Zitternd laufen ihr die Tränen und flüstert: „Hilfe. Bitte helft mir …"

Nach einiger Zeit wird Flo durch einen Bediensteten sanft geweckt. Er wacht gähnend auf und fragt, warum er geweckt wurde. Der Mann hält Flo ein Mobilfunkgerät vor die Nase. „Es tut mir außerordentlich leid, aber Sie werden von einer Ramona verlangt. Den Nachnamen hat sie nicht gesagt, aber ich …"
Flo bedankt sich und nimmt das Handy in die Hand.
„Hallo Ramona. Hast du mich schon vermisst oder willst du …"
„Halt die Klappe und hör mit zu!", brüllt Ramona. „Jade hat den Notfallknopf gedrückt. Sie muss in Schwierigkeiten stecken. Wo hast du dein Handy!? Darauf siehst du, wo sie gerade ist."
„Ich melde mich gleich", und legt auf.

Er rennt zu seinem Mobilfunkgerät und ruft, während er zu den Drachen flitzt, Ramona zurück.

„Habt ihr eure GPS-Sender nicht dabei", brüllt Flo zu Ophelia und Aris, so dass sie aufschrecken. Dadurch rutschen die Massageteams von den Drachen herunter und kommen schmerzhaft am Boden auf.

„Nein, haben wir nicht", antwortet Ophelia. „Was ist denn los?"

Flo erklärt ihnen die Sachlage. Darauf springen beide Drachen abflugbereit auf. Aris lässt Flo aufsteigen und beide fliegen nach Flos Anweisungen mit vollem Tempo los.

Jade bleibt zitternd und versteckt und bewegt sich keinen Millimeter, so dass sich viele Tiere des Waldes nähern. Jade flüstert zu ihnen und erklärt, warum sie sich versteckt. Dann passiert etwas Wundervolles: Die Eichhörnchen, Rehe und Füchse legen Blätter, Äste und Moos über die offen liegenden, funkelnden Stellen von Jade. Als die Tiere merken, dass die Hubschraubergeräusche ganz nahe sind, legen sie sich auf Jade, um auch die letzten glitzernden Stellen zu bedecken.

Die Gangster sowie Doktor Lebü suchen mit Ferngläsern den gesamten Bereich ab, können sie aber nicht erkennen. Sie öffnen die Fenster und sehen direkt nach unten. Jade denkt, dass dies das Ende ist. Nun hört sie den Doktor fluchen und schreien. Erleichtert merkt sie, dass sie weiterfliegen.

Nach kurzer Zeit sind die Hubschrauber nicht mehr zu hören. Jade steht langsam auf und geht zurück zur Lichtung. Sie bedankt sich bei jedem Tier für die besondere Hilfe und schüttelt ihre Tarnung ab. Plötzlich sieht sie zwei dunkle Punkte zwischen den Wolken, die sich schnell nähern.

Jade sieht voller Erleichterung, dass dies ihre Eltern sind, und fliegt voller Freude zu ihnen. In der Luft erklärt Jade, dass sie von 3 Hubschraubern verfolgt worden ist. Dank der Tiere aus dem Wald war sie so gut getarnt, sodass die Gauner weitergeflogen sind.

„Woher wussten sie, dass du hier unterwegs bist?", ruft Flo. „Sie können doch nicht wissen, wo wir …" Flo bleibt abrupt still.

„Was ist los, Flo", fragt Ophelia. „Was willst du uns sagen?"

„Ich ruf bei Ramona und Kerstin an und …", doch Ramona ist schneller; sie ruft bereits an.

„Flo? Wie geht es Jade?"

„Ihr geht es gut", antwortet Flo. „Es kommt mir nur seltsam vor, dass die Bösewichte genau wussten, wo Jade gewesen ist."

„Ich kann es dir sagen", unterbricht ihn Ramona. Wir haben sowas wie ein Abhörgerät unter Jades Schlafgemach gefunden. Nur weil Kerstin den Drachenschwamm unters Bett geworfen hat, bin ich darunter gekrochen, um ihn zu holen. Dort habe ich ein elektronisches Ding am Lattenrost gesehen. Kerstin meint, dass es eine Abhörwanze ist. Was sollen wir tun?"

Flo denkt kurz nach und meint: „Lasst die Wanze wo sie ist und unterhaltet euch wie sonst auch. Wir werden ins Hotel Relax nach Traunstein zurückfliegen. Ruft bitte unsere EDV-Spezialisten Burkhardt und Cockburn an. Vielleicht können sie herausbekommen, wohin das Signal gesendet wird."

Nach dem Gespräch erzählt Flo der Drachenfamilie den gesamten Ereignisverlauf.

Darauf schauen Aris und Ophelia ziemlich finster und aus ihren Nüstern kommt dunkler Rauch. Der Vater sieht zu Jade: „Wohin sind sie geflogen!? Ich zünde sie aus der Luft an!"

Jade senkt den Kopf. „Ich weiß es nicht. Solange ich die Geräusche gehört habe, bin ich still unter meiner Tarnung geblieben. Es tut mir leid."

Ophelia streichelt über Jades Wange. „Hauptsache, dir ist nichts passiert. Wir fliegen jetzt zum Relax zurück und ruhen uns mit einem wachsamen Auge aus."

Doktor Lebü kann es nicht verstehen und kratzt sich am Kopf. „Dieser blöde Drache MUSS dort gewesen sein. Ihr habt es doch auch gesehen."

„Vielleicht war es ein Adler", antwortet der Pilot aus seinem Hubschrauber. „Wir sind noch ziemlich entfernt gewesen."

Lebü grummelt. „Vielleicht. Lass uns wieder zurückfliegen. Gib dem Team aus Teisendorf Bescheid, dass wir bald da sind. Wenn wir die Drachen nicht bekommen sollten, soll sie niemand haben …", und öffnet den Koffer; viele gefüllte Spritzen mit einer grauen Substanz.

Der Pilot sieht zu Doktor Lebü und dem geöffneten Koffer. „Das ist doch das neu entwickelte Gift von Ihnen, bei dem es keine Heilung gibt. Wollen Sie es an den Drachen …"

„Wenn sie mich weiter verarschen? Jetzt flieg uns nach Teisendorf. Sonst bekommst du die erste Spritze …"

Die Drachenfamilie kommt gesund und munter in Traunstein an. Flo springt von Aris und rennt zu Jade. Er zupft ihr die schmutzigen Äste und das Moos weg und lächelt gehässig. „Hübsche Tarnung, Schatzi. So kannst du dich immer vor mir verstecken."

Als er das gesagt hat, stößt sie ihn weg und fliegt weinend davon. Rasch ruft er Kerstin an und beichtet sein Fehlverhalten.

„Flo! Du weißt doch, dass Jade beim Thema Sauberkeit sehr empfindlich geworden ist. Sie hat sich für dich sehr hübsch gemacht. Du hast Glück, dass sie dich nicht in den See geworfen hat."

Ophelia, die alles mitbekommen hat, sieht finster zu Flo: „Lass dir etwas Schönes einfallen. Dann ist es bestimmt wieder in Ordnung; hoffe ich zumindest." Jetzt lacht Ophelia. „Im dümmsten Fall helfe ich dir aus dem See."

Flo blickt auf sein Handy und erkennt, dass Jade nach Mühlacker unterwegs ist. „Sie fliegt nach Hause. Ich such den nächsten Zug auf. Genießt weiterhin euren Urlaub."

„Soll ich dich nicht zurückfliegen", fragt Ophelia.

„Nein, Danke. Ruht euch nur aus. Ihr kommt nach, wenn ihr genug massiert worden seid", und streichelt ihr über den Hals. Er winkt Aris zu, der nichts mitbekommen hat. Flo lässt sich von einem Taxi zum Bahnhof fahren und überlegt während der langen Zugfahrt, was er Jade sagen soll.

Ramona beendet das Gespräch mit Hans und sieht zu Kerstin. „Gute Nachricht. Julia und Hans kommen vorbei und prüfen, ob sie was für uns tun können. Was wichtig ist: Wir sollen uns ganz normal verhalten, damit es nicht auffällt."

Kerstin nickt und beide gehen in die Wohnung zurück und machen es sich auf den Drachenbetten bequem. Sie schalten den großen Fernseher an und unterhalten sich über langweilige Themen. Neben Ramona liegen ein Stift und Block, damit sie sich Dinge mitteilen können, die nicht von den Ganoven gehört werden sollen.

Kurze Zeit später sehen Kerstin und Ramona das Fahrzeug mit der Aufschrift *Burkhardt & Cockburn EDV-Service*. Hans und Julia steigen aus und gehen direkt auf die Freunde zu, die bereits vor dem Eingang warten. Während Julia viele EDV-Geräte samt Kabel aus dem Auto holt, bespricht Hans alles mit den beiden. Er streicht sich über sein Kinn. „Das wird nicht einfach sein, aber wir tun unser Bestes, nicht wahr, Julia?"

Sie nickt, packt alles auf den Rollwagen und begibt sich mit den anderen in die Wohnung. Hans und Julia schleichen unter das Bett und betrachten in aller Ruhe die Technik der Bösewichte. Julia schnappt sich mehrere Kabel und schließt diese an die dunkle Box unterm Bett an. Julia gibt Kerstin und Ramona ein Zeichen, dass sie etwas Krach machen sollen, damit sie ungestört weitere Kabel verlegen können. Ramona signalisiert, dass sie verstanden hat. „So Kerstin. Während ich hier in der Drachenwohnung sauge, kannst du uns was Leckeres kochen."

Darauf schmunzelt Kerstin und erwidert: „Natürlich Ramona. Ich schau, was ich Großartiges kochen kann." Darauf schlägt sich Hans die Hand auf die Stirn. Er nimmt den Block und notiert: Nicht übertreiben. Es soll sich echt anhören …

In der Zwischenzeit fliegt Jade mit einem traurigen Gesicht nach Mühlacker. Sie kann nicht glauben, dass Flo so gemein zu ihr gewesen ist. *Ich wurde wieder beinahe von den bösen Menschen geschnappt und was macht er?! Redet blödes Zeug. Da flieg ich lieber zu Kerstin und Ramona.*

Nachdem sie den Großteil der Strecke geflogen ist, denkt sie über alles nach und stoppt in der Luft. *Warum bin ich so ausgerastet? Flo hat schon oft einen Scherz gemacht; er ist einfach so.* Sie überlegt, ob sie wieder zurückfliegen soll, aber entscheidet sich für Mühlacker.

Hans und Julia haben bereits ihre komplette EDV-Anlage angeschlossen und gestartet. Julia schleicht sich zu den zwei Freunden und winkt sie her. Als die Tür leise geschlossen ist, teilt sie mit, dass es etwas dauern kann. „Sobald der Standort ermittelt worden ist, druckt er ihn umgehend aus. Dann könnt ihr es der Polizei mitteilen und die Handschellen klicken. Solange müsst ihr aufpassen, was ihr sagt. Erzählt bloß nicht, wo die Drachen sind."
Ramona nickt und sieht aus dem Fenster. „Vielleicht wäre es besser, wenn sie wieder bei uns sind. Dann können wir schauen, dass ...". Stirnrunzelnd drehen sich Kerstin und Ramona um. Sie hören das Rolltor und Jade rufen, wo die zwei geblieben sind.
„So ein Mist", stöhnt Kerstin. „Wieso ist sie wieder zurück!?"
Sie flitzt zu Jade und hält sich den Zeigefinger vor den Mund.
Jade schaut sie fragend an. Kerstin schnappt sich den Schreibblock und notiert: NICHTS SAGEN! DIE GANGSTER HÖREN MIT. Und zeigt auf die verkabelte Abhörwanze. Jade versteht es nicht, bleibt aber ruhig und wartet, was Kerstin noch notiert.
Jade sieht sie voller Entsetzen an und zeigt nach draußen. „Ich glaube", meint Kerstin, „wir holen Flo und deine Eltern zurück. Vielleicht können wir bis dahin

herausfinden, wo sie ihr Versteck haben. Außerdem sind wir dann zusammen."
Jade nickt und sieht zu Kerstin, die Flo anruft.
Nach dem Gespräch teilt sie allen mit, dass Flo bald mit dem Zug kommt. Sie gehen wieder in die Wohnung, wo Ramona, Hans und Julia warten. Kerstin schaltet den Staubsauger direkt neben dem Abhörgerät an, damit sie sich zusammen in der Küche unterhalten können.
Am Abend kommt Flo und entschuldigt sich draußen bei Jade. Zuerst grummelt sie, aber kann Flo nicht böse sein. Sie gehen leise in die Wohnung und hoffen, dass der Drucker ihnen bald den Standort anzeigt. Solange lassen sie den großen Fernseher mit den beklopptesten Sendungen laufen.

2 Tage später sind Aris und Ophelia zurückgekehrt. Damit es nicht auffällt, sind sie mitten in der Nacht gekommen. Sie schleichen sich in die Wohnung und sind so still wie möglich.
Am frühen Morgen spitzt Jade ihre Ohren. Der leise Laserdrucker, den Hans und Julia aufgebaut haben, spuckt mehrere Seiten Papier aus. Sie wollte losbrüllen, bleibt aber leise. Sie tapselt zur Wohnung der Freunde und klopft ganz leise mit einer Kralle. Die Tür geht auf und Flo murmelt, was los ist. Wortlos zeigt Jade zum Drucker. Flo macht große Augen, gibt Jade einen Kuss und schleicht zum Drucker. Er schnappt sich die Blätter und verschwindet zu Ramona und Kerstin.
Er schaut auf die Uhr: 6:44 Uhr. Er holt tief Luft und rüttelt leise an Ramonas und Kerstins Tür. Zum Glück springen sie nicht schreiend aus dem Bett. Sie murmeln nur, was der Blödsinn soll.

Flo flüstert: „Wir haben den Standort von Doktor Lebü gefunden. Was sollen wir tun?"

„Ich wecke meine Eltern", tuschelt Jade. „Dann besprechen wir es zusammen."

Nachdem Ophelia und Aris Bescheid wissen, wo sich die Halunken befinden, macht der Vater das Tor auf. Er dreht sich zu den anderen und fragt, worauf sie warten. Die Freunde ziehen sich schnell an und steigen auf die Dracheneltern. Als Jade ihren Freund Flo fragt, warum er nicht bei ihr aufsteigt, antwortet Flo: „Wenn etwas passiert, sollst du schnell in Sicherheit fliegen – allein."

Jade will nach Flo greifen, aber er macht einen Schritt zurück. Darauf zieht sie ihren Arm weg und macht sich, wie ihre Eltern, abflugbereit. Mit Schwung heben sie ab und der Flug Richtung Oberriexingen beginnt.

Während des Fluges fragt Flo nochmals, ob sie sich sicher sind, was sie tun werden.

„Natürlich!", faucht Aris.

Flo sieht, dass aus seinen Nüstern schwarzer Rauch aufsteigt. Die Bösewichte tun mir jetzt schon leid. Hoffentlich benimmt er sich bei seiner Rache.

Er sieht zu Ophelia, die im Flug ihre Krallen betrachtet und sieht zu Kerstin und Ramona. Kerstin tippt etwas in ihr Handy und Sekunden später brummen die Mobilfunkgeräte von Flo und Ramona. Flo liest es als Erstes: Sollen wir uns lieber verstecken? Ich kann nicht zusehen, wenn die Drachen toben.

„Wir bleiben zusammen", ruft Ramona. „Wir sind ein Team."

Kurz vor dem Ziel in Oberriexingen fliegen die Drachen tief über das Wäldchen. Sie sehen ein Fabrikgebäude, was dem damaligen von Jades Gefangenschaft ziemlich ähnlich sieht. Aris fragt nochmals, ob sie dabeibleiben

wollen. Ramona streichelt über Ophelias Schuppen.
„Sollen wir es euch vorsingen? Natürlich bleiben wir bei
euch!"
„Darf ich die bösen Menschen in die Enz werfen?",
kichert Jade. „Bisher habe ich es nur mit Flo gemacht,
wenn wir …"
„Wie du willst", antwortet Aris. „Zum Glück sind wir auf
einem offenen Feld nahe dem Fluss. Da gibt es keine
Zeugen."
„Wollt ihr sowas wie beim letzten Mal machen?", fragt
Kerstin.
„Wir werden sehen", antwortet Ophelia, und ihre Nüstern
qualmen immer stärker.
Nachdem die Freunde abgestiegen sind, sehen sich alle
um; niemand zu sehen. Nur zwei schwarze Helikopter
stehen neben der riesigen Halle.
Als sie sich an das gigantische Tor geschlichen haben,
sehen sich alle nochmals an. Aris meint: „Ophelia und
Jade reißen das Tor auf. Ich renne als erstes rein und …"
„Warte!", flüstert Kerstin. „Warum setzt ihr das Lager
nicht von beiden Seiten aus in Brand. Dann müssen sie
schnell aus der Halle rennen und …"
Jetzt protestiert Jade: „Was ist, wenn es Gangster im
Rollstuhl gibt. Die können nicht fliehen und am Ende
verbrennen sie qualvoll in der Halle. Auch wenn es
Ganoven sind, so einen Tod hat niemand verdient."
Darauf sieht Jade Aris mit glasigen Augen an. „Du hast
den schwerkranken Kindern und Jugendlichen aus dem
Krankenhaus geholfen, obwohl du nicht wusstest, ob sie
lieb und nett sind."
Aris sieht zu seiner Tochter, die ihn mit einem
Hundeblick anschaut. Er verdreht die Augen, aber denkt
über ihre Worte nach. Er holt kräftig Luft und meint: „In

Ordnung. Sobald sie aber etwas Hinterhältiges vorhaben, kenne ich kein Pardon."

Jade gibt ihrem Vater als Dank ein Küsschen und wartet, was sie tun sollen.

Flo denkt daran, was Ophelia bei der letzten Rettung mit den Handlangern gemacht hat; er bleibt aber still und wartet auf die Anweisungen von Aris …

In der düsteren Halle in Oberriexingen sind zwei Gauner weiterhin an den Kopfhörern, um die Gespräche der Freunde zu hören. Retiel fragt die Männer, ob es nichts Neues gibt. Einer der Männer schüttelt den Kopf.

„Seitdem wir vorhin dieses Drachenmädchen gehört haben, herrscht Stille. Warum sollten wir Doktor Lebü nicht mitteilen, dass dieses gelbe Viech nach Mühlacker zurückgeflogen ist."

„Diesen Drachen wollen wir nicht", antwortet Retiel. „Wenn, dann nur die Erwachsenen. Beim letzten Mal hat es bei diesem gelben Drachen mit dem Experiment nicht funktioniert. Ich gehe jetzt raus und ihr hört weiterhin zu."

Als sich der Gangster mit einer Zigarette nach draußen begibt, sieht er den roten Drachen vor sich und zuckt zusammen. Dadurch lässt er die Zigarette und das Feuerzeug fallen. Er rennt „ALARM" schreiend zurück, und schließt zitternd das Tor ab.

Aris lacht und hebt seinen Fuß. Gegen den starken Tritt hat das Eisentor keine Chance und fliegt in Stücke. 6 Männer starren direkt zu Aris und den anderen Drachen, die sich hinter den Drachenvater stellen.

Kerstin spricht in der Drachensprache, dass sie keinen Unsportlichen sehen kann. Darauf nickt Aris und holt Luft. „NEIN, WARTE!", ruft Flo, aber zu spät. Aris spuckt mehrere Feuerbälle durch die Halle, damit diese auf der Rückseite in Flammen aufgehen.

„Wenn ihr nicht verbrennen möchtet", schreit Flo, „stellt ihr euch zu dem gelben und blauen Drachen."

Flo blafft Aris in der Drachensprache an, aber er ignoriert es.

Jade und Ophelia bleiben beim bösen Gesindel, was sich mit erhobenen Händen zu ihnen gestellt hat. Ramona flüstert zu Kerstin und Flo, was sie jetzt machen sollen. Flo denkt nach und sieht zu dem Gesindel.

Kerstin geht zu Jade und spricht in der Drachensprache. Plötzlich sieht Flo im Augenwinkel, dass einer der Bösewichte eine Pistole auf ihn richtet und abdrückt. Flo schließt die Augen und sieht schon das Ende kommen. Sekunden später macht er zitternd die Augen auf und kann keine Verletzung spüren. Vor sich erkennt er den roten Flügel von Aris, der ihn geschützt hat. Er sieht in das lächelnde Gesicht von Aris und fragt, ob alles in Ordnung ist.

„Mir geht es gut, Flo. Dem Gauner aber nicht."

Er hebt seinen Flügel; der Gauner ist verschwunden.

Flo sieht zu Ophelia und den restlichen zitternden Verbrechern. „Ophelia, hast du ihn gefressen?"

Sie schüttelt grinsend den Kopf. „Wo denkst du hin. Ist dir nicht aufgefallen, dass Jade einen großen Schritt in Richtung des Bösewichts gemacht hat?"

Flo schluckt und sieht zur grinsenden Jade. „Schatzi, lass bitte deinen Fuß, wo er ist. Ich will es nicht sehen."

Kerstin geht zu Flo. „Wir haben die Polizei gerufen, damit sie die restlichen Ganoven abholen können. Sieh mal, da vorne kommen sie schon."

Während die Polizei die Verbrecher in Gewahrsam nimmt, bleibt Jade auf der Stelle stehen. Als die Polizei

davongefahren ist, hebt Jade den Fuß. Während sich die Freunde wegdrehen, wirft sie den Leichnam in die lodernde Halle.
Alle bleiben vor dem brennenden Gebäude und überlegen, wo dieser Lebü gewesen ist.

Doktor Lebü trinkt vor dem Fernseher seinen Kaffee. Er sieht in den Nachrichten, dass seine Komplizen in Oberriexingen festgenommen worden sind, und prustet das schwarze Gebräu in hohem Bogen aus. „Wie zum Teufel konnten sie das Versteck finden", flucht Lebü und tritt gegen den Fernseher. Einer der Gangster sieht zu ihm. „Vielleicht haben sie einen Tipp bekommen."
„Blödsinn", schreit Lebü. „Sie müssen es auf irgendeine Art herausgefunden haben."
„Was sollen wir jetzt tun", fragt der Ganove neben ihm.
„Sie haben mich nun zweimal reingelegt. Jetzt ist mir das mögliche Lebenselixier egal."
Er nimmt eine der fünf Spritzen aus dem Koffer und lädt diese in sein Gewehr. Zusammen mit dem Halunken steigt er in den Hubschrauber; der Koffer mit den restlichen vier Spritzen neben seinen Füßen. Das Gewehr streichelt er in seinen Händen. „Jetzt geht es nach Mühlacker. Wir beenden das Dasein der Drachen …"

Als die Drachen mit ihren Freunden zuhause angekommen sind, sieht Kerstin auf die Uhr, die bereits 8 Uhr anzeigt. „Jetzt hätten wir noch 1 Stunde, bevor die Arbeit beginnt. Ich mach uns schnell Frühstück."
Flo sieht zu Jade und zu ihrem Vorderfuß. Er streichelt sie am Hals und flüstert: „Vergiss nicht, deinen Fuß zu waschen." Darauf hebt sie diesen und lächelt. „Jaja. Ich verschwinde unter die Dusche."

„Wir zwei kommen gleich wieder", sagen die
Dracheneltern unisono und fliegen in verschiedene
Richtungen.
Während die Freunde die Brötchen verspeisen, hören sie
Jade unter der Dusche singen. Darauf stupst Kerstin Flo
an und fragt, seit wann sie so eine schöne
Gesangsstimme hat.
„Nun ja", antwortet Flo. „Immer wenn es ihr sehr gut
geht, kommen die schönen Gesangstöne zum Vorschein.
Habe ich euch nie erzählt, was sie mir am See
vorgesungen hat?"
Ramona lächelt. „Irgendwann wird sie von einem
Musikproduzenten entdeckt. Dann brauchen wir eine
neue tierische Mitarbeiterin."
Darauf stupst Ophelia Flo an, die gerade von ihrer
Morgentoilette kommt. „Du brauchst keine Angst haben,
Flo. Sie bleibt immer bei dir." Sie sieht zu Ramona und
Kerstin. „Euch zwei mag sie auch sehr, und wisst ihr,
was sie zu mir gesagt hat? Sie sagte, dass …"
„Ruhe!", brüllt Jade, die klitschnass aus der Dusche
kommt. „Das werde ich ihnen zum richtigen Zeitpunkt
sagen."
Jetzt wird ihr zorniger Blick ruhig und gelassen, als sie
zu Flo blickt. „Kannst du mich bitte abtrocknen?"
„Du hast doch diesen Drachenfön. Der trocknet dich in
kurzer Zeit …"
„Der ist kaputt. Hat dir das meine Mama nicht gesagt?"
Sie dreht sich zu ihr, zwinkert mit einem Auge und
murmelt etwas in der Drachensprache.
Ophelia schüttelt lachend den Kopf. „Ach Liebes. Hast
du vergessen, dass Flo unsere Sprache versteht?"
Darauf erschrickt Jade und während sie langsam zum
Fön watschelt, entschuldigt sie sich bei Flo wegen der

Lüge. Sie spürt, wie sie leicht am Schwanz gepackt wird und dreht sich um. Flo lächelt und klopft ihr auf die Flanke. „Sag es doch einfach, dass ich dich abtrocknen soll. Hast du gedacht, ich sage Nein?"
„Irgendwie schon", antwortet Jade mit gesenktem Kopf.
„Ich hole kurz ein Handtuch. Wir müssen uns aber beeilen. Die ersten Aufträge werden bald eintreffen."
Während Flo und Jade im Duschraum verschwinden, kommt Aris herein. Jeder erkennt die roten Krallen und sie fragen, was es bei ihm zum Frühstück gab.
„Ein kleines Reh. Ich hatte so Hunger darauf und ..."
Ramona zeigt Richtung Enz. „Da die Dusche belegt ist, kannst du deine Krallen in der Enz reinigen, aber beeile dich. Es ist bereits kurz vor neun ..."

Die Aufträge sind da und Ophelia nimmt den ersten mit Freude an: Umbaumaßnahmen in einem Fußballstadion. Jade und der leicht erschöpfte Flo dürfen wieder ins Freibad und den Bademeister spielen. Flo erinnert sie nochmal, dass sie durch ihre Größe besonders aufpassen muss. Darauf lacht Jade. „Ich kann doch vom Beckenrand die Menschen herausziehen. Wenn ich hereinspringe, wäre doch kein Wasser mehr da."
Als Aris angekommen ist, lächelt ihn Ramona an. „Der Letzte bekommt immer die blödesten Aufträge. Du kannst an der Baustelle beim Glätten von Teer helfen. Dir macht doch die Hitze nichts aus, oder benötigst du Schutzhandschuhe? Nicht, dass du dich verbrennst."
Aris würde Ramona am liebsten in die Enz werfen, aber er nimmt ihren Humor mit einem sarkastischen Lächeln auf, schnappt sich sein Tablet und fliegt schnaubend davon.

Einige Tage später freuen sich alle auf das Wochenende.
Diesmal haben sie sich für Golfen entschieden und
fliegen voller Freude zum Golfplatz. Da die Drachen mit
dem winzigen Schläger Probleme haben, schlägt Kerstin
vor, dass sie ihren Schwanz benutzen können. Die
Drachen schauen sich an und sind einverstanden.
„Zum Putten", lacht Ramona, „darfst du gerne den Ball
pusten. Achte aber darauf, dass bei deiner starken
Pusterei keine Kinder in der Nähe sind. Durch deinen
Sturm können sie umfallen."
Aris streckt seine rote Zunge aus und beginnt. Ramona
legt ihm den Ball auf ein Tee. Aris packt seinen Schwanz
als Golfschläger, sieht nach vorne und holt aus. Er trifft
den Ball und in einem hohen Bogen fliegt er über das
Grün.
Die Freunde kratzen sich am Kopf, denn sein Schlag war
mehr als enorm. Flo flüstert zu Kerstin und Ramona:
„Nächstes Mal spielen wir *Mensch ärgere Dich nicht*. Da
haben wir eine reelle Chance."
„Das war doch erst ein Schlag", antwortet Ramona. „Er
macht bestimmt den einen oder anderen Fehler und …"
Jade stupst Ramona an. „Hört auf zu jammern. Ihr wolltet
golfen." Sie sieht zu Flo. „Zeig, was du kannst, mein
Schatz."
Er verdreht die Augen, schnappt sich seinen Schläger,
zielt, holt aus und schlägt den Ball. Er fliegt sauber und
landet auf dem Grün; halb so weit wie der des
Drachenvaters. Aris fängt an zu prusten und schlägt Flo
auf den Rücken, so dass er fast stürzt. Jade hält Flo
rechtzeitig fest und blickt ziemlich finster zu ihrem
Vater. Er stellt sich grinsend neben Ophelia und sieht zu
seiner Tochter, die den nächsten Schlag ausübt.

Nach dem 9. Loch machen alle eine Pause und Ramona zählt die Schläge zusammen. Am Ende teilt sie mit, dass Ophelia vor Jade und Kerstin führt. Danach folgen Aris, Ramona und Flo. Aris verteidigt sich: „Diese blöden Sandbunker haben mein Spiel mehr als kaputtgemacht. Wisst ihr, wie schwer es ist, ohne Schläger aus diesem Bunker zu spielen?"

Flo grinst: „Dann solltest du dich etwas mehr konzentrieren und nicht nur wild auf den Ball schlagen. Bevor du mich jetzt auf einen Baum hängst, schlage ich vor, dass ihr den Ball aus dem Bunker werfen dürft, einverstanden?"

Die Freunde sind damit einverstanden und meinen, dass es einfach Spaß machen soll, sonst nichts.

An der letzten Bahn geht es spannend zu. Alle sind punktgleich und nun heißt es: Jeder spielt für sich. Nach dem ersten Schlag geht Ophelia und sucht am Waldrand ihren Ball. Als sie ihn gefunden hat, spürt sie an ihrer Flanke einen stechenden Schmerz und streift mit ihrer Hand über die Stelle. Ihr ist nicht aufgefallen, dass eine kleine Spritze zu Boden fällt. Sie schlägt ihren Ball und geht weiter.

Doktor Lebü lächelt mit seinem Gewehr zwischen den Bäumen und sieht zu seinem Komplizen. „He, he, he. Zum Glück haben uns die Passanten erzählt, wo sie hinwollten. Reich mir die nächste Spritze."

„Der Koffer ist doch bei Ihnen gewesen, Doktor." Ich habe jetzt nicht darauf geachtet und ..."

„Ruhe!", grummelt Lebü. „Bis zum Hubschrauber schaffen wir es nicht mehr rechtzeitig, bis die anderen hier ankommen. Wir ziehen uns zurück und warten einfach ab, wie lange das Gift braucht. Dann machen wir einfach weiter."

Als sich Doktor Lebü und sein Komplize zurückziehen, kommt der nächste Ball angeflogen; direkt neben der Spritze landet er.

Kerstin kommt halb erschöpft an und schwört sich, nie wieder zu Fuß zum Ball zu gehen. Vor ihrem Ball fällt ihr etwas Glitzerndes auf. Sie sieht im Gras die Spritze, hebt sie auf und steckt sie in ihren Rucksack. Sie spielt ihren Ball Richtung Fahne und wartet dort auf die anderen.

Nachdem sie das Golfspiel beendet haben, steigen sie auf Aris und Jade und der Rückflug beginnt. Während des Fluges fällt Flo auf, dass Ophelia leicht nach links fliegt und ruft ihr zu. „Ophelia. Ist alles in Ordnung bei dir?" „Ich bin etwas erschöpft, Flo. Vielleicht brauche ich etwas Schlaf …"

Am Abend legt sich Ophelia schnell ins Bett. Aris fragt seinen Schatz, ob wirklich alles in Ordnung ist. Keine Antwort, denn sie ist bereits eingeschlafen. Die Freunde sehen zu Aris und Jade. Sie zucken mit den Schultern und legen sich ebenfalls ins Bett. Die Freunde meinen auch, dass eine Mütze voll Schlaf gut wäre, und legen sich ebenfalls in ihren Schlafraum. Nach kurzer Zeit ist nichts mehr zu hören.

Morgens werden die Freunde durch Jades Aufschrei geweckt. Flo fällt aus dem Bett, Ramona reißt ihre Nachttischlampe um; allein Kerstin bleibt unverletzt. Sie schnappen sich ihre Hausschuhe und flitzen zu den Drachen. Ophelias Anblick entsetzt alle. Sie liegt schwitzend im Bett und zittert am linken Hinterbein. Ihre schöne, blaue Farbe ist auf der linken Seite verblasst und nur noch kaum zu erkennen. Die Freunde fragen Aris und Jade, was passiert ist. Jade bleibt nah bei ihrer Mutter und Aris sieht zu den Freunden: „Wir wissen es nicht. Vorhin ist Jade aufgewacht und hat Ophelia im Dunkeln gesehen, wie sie gezittert und ihre Farbe verloren hat." Entsetzt geht Flo zu Ophelia und streichelt sie am Flügel. „Gestern nach dem Golfspiel ist mir aufgefallen, dass Ophelia Probleme beim Fliegen hat und nach links geschwenkt ist; als hätte der linke Flügel weniger Kraft. Ramona sucht die Visitenkarte von Chantal und wählt ihre Nummer. Nach kurzer Zeit hebt Chantal ab und Ramona erklärt ihr die Sachlage. Sie sieht nebenher zu Ophelia, die kaum ihre Augen öffnen kann. „Ich fahre sofort los", ruft Chantal und legt auf. Während Flo vor dem Eingang auf die Tierärztin wartet, holt Kerstin mehrere Wärmflaschen. Ramona nimmt den großen Wasserkocher, um heißes Wasser für Tee und Wärmflaschen zu erhitzen. Aris und Jade bleiben beschützend bei Ophelia und sprechen ihr beruhigende Worte in der Drachensprache zu. Nach kurzer Zeit kommt das Auto von der Tierärztin und parkt direkt am Tor. Sie rennt an Flo vorbei und flitzt direkt zu Ophelia. Sie packt ein paar Gerätschaften aus dem Arztkoffer und fängt mit den Untersuchungen an. Kerstin sieht zu Chantal, die zu schwitzen beginnt. Nach einiger Zeit überlegt sie, was es sein könnte, aber plötzlich hebt Ophelia ihren Arm und zeigt auf die Einstichstelle. „Hier bin ich beim Golfen gestochen worden", wispert sie, bevor ihr Arm herabsackt. Jade hebt ihren Arm hoch und Chantal begutachtet die Stelle, die unter den Schuppen dunkelrot geworden ist. „Sie muss durch etwas Großes gestochen worden sein", murmelt Chantal. „Was kann das gewesen sein?!" Plötzlich fällt es Kerstin wie Schuppen von den Augen. Sie rennt zu ihrem Rucksack und holt die Spritze heraus.

Alle sehen wortlos auf die glitzernde Nadel und die dunkle Restflüssigkeit, die sich darin befindet.

„Ich habe sie beim Golfen gefunden; dort wo Ophelia gestanden ist. Es tut mir leid, aber ich habe sie vergessen und …"

Chantal nimmt ihr die Spritze ab und klopft ihr auf die Schulter. „Du brauchst dich nicht entschuldigen – im Gegenteil. Wir sind stolz auf dich, dass du sie gefunden und mitgenommen hast. Ich muss hiermit schnellstmöglich ins Krankenhaus. Nur im dortigen Labor können wir prüfen, was als Gegengift geeignet ist."

Sie holt eine leere Spritze aus ihrem Koffer und murmelt zu Ophelia, dass sie ihr etwas Blut abnehmen muss.

Ophelia nickt und streckt mit Jades Hilfe ihren Arm zu ihr.

Nach der Blutentnahme geht Jade mit nach draußen und fliegt Chantal in rasantem Tempo ins Krankenhaus.

Ramona legt die Wärmflaschen auf Ophelias Bauch.

Kerstin bringt den Tee und hilft ihr beim Trinken.

Obwohl Aris weiß, dass hier jeder jedem hilft, läuft ihm eine Dankesträne herunter.

30 Minuten später kommt Jade zurück. Völlig aufgeregt sagt sie, dass Ophelia in die Halle neben dem Krankenhaus soll.

Aris sieht zu Jade. „Das schaffen wir, oder?"

„Natürlich, Vater. Gemeinsam sind wir stark!"

Die Freunde gehen zur Seite. Die Drachen nehmen fürsorglich Ophelia und fliegen mit ihr langsam und behutsam Richtung Krankenhaus. Flo schnappt sich seine Autoschlüssel, damit sie hinterherfahren können.

Während der Fahrt können sie Jade und Aris, die Ophelia tragen, in der Dunkelheit erkennen. Vor dem

Krankenhaus entdecken die Drachen Chantal, die vor einer großen offenen Halle steht. Aris und Jade landen direkt vor dem Hallentor und bringen die kranke Ophelia hinein. Im Gebäude sind mehrere große Matratzen, damit sie es trotz ihrer starken Schmerzen weitgehend bequem hat. Chantal und einige Arzthelfer haben bereits viele medizinische Geräte aufgebaut und schließen diese ganz vorsichtig an Ophelia an.

Minuten später kommen die Freunde an und flitzen zur Halle. Sie sehen noch, wie Jade und Aris auf eine Wiese nahe der Halle liegen. Chantal geht zu ihnen. „Ich habe gesagt, dass ich immer bei Ophelia sein werde und mich immer melde, wenn es Änderungen gibt. Zuerst müssen wir prüfen, welche Art von Gift das ist. Dann können wir uns um das Gegengift kümmern." Sie sieht zu Kerstin. „Zum Glück hast du die Spritze gefunden. Ohne diese wäre es uns nicht möglich, schnellstmöglich etwas zu finden. Dieser Doktor Lebü ist mehr als ein schlechter Mensch. Wenn wir nur wüssten, was er vorhat und …"

„Moment mal", unterbricht sie Flo. „Ich habe viele Informationen auf seinem Computer gefunden. Soll ich dir meine Ergebnisse zeigen?"

„Wieso sagst du mir das erst jetzt, Flo. Zeig mir, was du bisher herausgefunden hast. Hier haben wir genug Equipment."

Flo ruft Jade her, die sofort neben ihm landet. Er springt auf ihren Rücken und in rasantem Flug geht es nach Hause.

Aris geht zur restlichen Gruppe. Bevor er etwas sagen kann, erklärt ihm Ramona alles. Er sieht zu Ophelia und seufzt: „Ich hoffe, du findest etwas, was meiner Frau hilft, Chantal. So schlimm habe ich Ophelia noch nie gesehen. Ich will und kann nicht ohne sie."

„Sag sowas nicht", beruhigt ihn Ramona und streichelt ihn an seinem Vorderbein. „Flo hat schon vieles herausgefunden, aber warum er es nicht gleich mitgenommen hat …"

Die Minuten verstreichen wie eine Ewigkeit, aber Aris sieht Jade als erstes. Sie landet mit Flo, der das Buch und einen USB-Stick fest in der Hand hält. Er rennt mit Chantal an einen Computer und zeigt, was er bisher herausgefunden hat. Die Freunde bleiben mit den Drachen draußen. Aris sieht, wie die zwei Damen frösteln und fragt, ob sie nicht in die Halle wollen. Sie schütteln den Kopf. „Wir bleiben bei euch", bibbert Kerstin. Darauf bricht Aris vom Baum einen dicken Ast ab, Jade setzt diesen in Flammen und hält ihn zu den zitternden Freunden.

Stunden später kommt Flo heraus. Alle sehen gespannt zu ihm, was er zu berichten hat. „Es gibt eine gute und zwei schlechte Nachrichten. Die gute ist, dass wir wissen, wie wir das Gegenmittel herstellen können. Wir brauchen Drachenblut und das passende Blut eines Menschen." Ramona kratzt sich am Kopf und sieht zu Jade und Aris. „Drachenblut haben wir doch genug. Ich denke, die passende Blutgruppe eines Menschen finden wir auch heraus."

Darauf schüttelt Flo den Kopf. Das ist das Problem. Es geht nicht um eine Blutgruppe, sondern um ein bestimmtes Enzym. Ob und welcher Mensch das hat, können wir nicht sagen. Es muss auch nur eine geringe Menge an Menschenblut sein. Theoretisch können sich auch Kinder für den Test zur Verfügung stellen. Es reicht für diesen Test ein einziger Tropfen."

Er sieht Richtung Ophelia und seufzt. „Die zweite schlechte Nachricht ist: Ophelia geht es immer schlechter. Wir müssen uns beeilen."

Jade fragt Kerstin, wie sie das machen sollen. Kerstin erklärt es den Drachen: „Wir müssen eine große Blutspendeaktion machen. Ramona, kannst du die Dame von der Presse anrufen? Flo, du könntest doch mit sämtlichen Radiosendern Kontakt aufnehmen. Für die Blutspende können wir einen Flug mit Jade oder Aris anbieten."

„Gute Idee", antwortet Jade. Ich mach mich zuvor nochmals hübsch."

Sie dreht sich zu Aris, der knurrend das Gleiche sagt.

„Prima", jubelt Ramona. „Dann lasst uns beginnen!"

Die Telefonaktion war ein voller Erfolg. Kerstin hatte Unmengen von Flugblättern ausgedruckt und die Drachen verteilten diese im ganzen Enzkreis.

Viele Freiwillige bauen Tische und Stühle neben der Halle auf. Jade hat beim Bäcker etliche Brötchen und Brezeln gekauft, damit die Helfer nicht verhungern. Im Radio ist es oft zu hören und in der Zeitung steht auf dem Titelblatt: Helft der Drachendame Ophelia, die um ihr Leben kämpft!

Schon am frühen Morgen kommen die Ersten, die ihr Blut für die gute Sache spenden. Chantal und 15 Ärzte sitzen an ihren Plätzen, nehmen die Blutstropfen ab und die Tests laufen. „Die Ergebnisse dauern nur wenige Minuten", erläutert Chantal. „Wenn die Substanz blau wird, haben wir es geschafft." Sie geht auf Aris zu. „Wir brauchen auch viel Blut von dir", und dreht sich kurz zu

Jade. „Jade hat durch Doktor Lebü schlechte Erfahrungen
mit Spritzen gemacht. Deshalb wollte ich sie nicht …"
„Was soll der Blödsinn", faucht Jade. „Du kannst mir
auch das Blut abnehmen. Bei dir habe ich keine Angst."
Aris rubbelt seiner Tochter über den Kopf. „So kenne ich
meine Tochter. Ich bin sehr stolz auf dich."
Beide geben sich einen Stups auf die Nase und lassen
sich von Chantal das Blut abnehmen.
Alle sind mehr als erstaunt, wie viele Personen bei dieser
Aktion mitmachen. Flo sieht auch die Familie, die den
Drachen die schönen Fischkissen geschenkt hat, und geht
auf sie zu. „Danke, dass ihr mitmacht. Bisher ist noch
kein Ergebnis positiv gewesen, aber vielleicht
funktioniert es bei euch …"
Die Ärzte haben alle Hände voll zu tun und arbeiten rund
um die Uhr. Chantal entschuldigt sich mehrmals bei Aris
und Jade, dass bisher kein positives Ergebnis vorhanden
ist und nimmt ihnen weiteres Blut ab. Ramona und
Kerstin haben sich neben Ophelia hingelegt und bleiben
abwechselnd bei ihr.
Aris und Jade bleiben meistens nahe der Halle vor dem
Krankenhaus, damit sie nichts verpassen, was Chantal
und die Ärzte an die Freunde berichten.
Zwei lange Tage vergehen. Ophelia geht es
gesundheitlich immer schlechter und schlechter. Obwohl
sich viele zum Bluttest bereiterklärt haben, kommt kein
positives Ergebnis heraus.
Am Morgen fährt Flo mit Ramona vor und parkt direkt
bei der Halle. Ramona fragt die tränenüberströmte Jade
und Aris, ob es neue Ergebnisse gibt.
Jade drückt sich fest an Flo und wimmert. „Nein. Es ist
nicht fair. Wieso hat es meine Mama und nicht mich
erwischt?"

Ramona wischt Jade die Tränen weg und geht mit Flo zu Ophelia. In der Halle tippt sie Flo an und zeigt auf das Fenster. Erleichternd sehen sie viele Menschen, die auf Jade und Aris zugehen und ihr Mitgefühl zeigen. Sie blicken zu Chantal, die mit geschlossenen Augen den Kopf schüttelt und mit langsamen Schritten das Zimmer verlässt. Die Freunde nähern sich Ophelia und setzen sich neben ihr aufs Bett. Sie sehen, dass sie etwas sagen will und gehen ganz nahe zu ihr. Sie holt Luft, um etwas zu sagen. „Hört zu. Bisher ist kein passendes Gegenmittel gefunden worden. Deshalb bitte ich euch: Passt gut auf meine Tochter auf; besonders du, Flo. Ohne dich wird sie es nicht schaffen. Versprichst du mir das?"

Mit Tränen in den Augen nickt er und streichelt sie am Kopf. „Gib nicht auf, Ophelia! Wir suchen rund um die Uhr nach dem passenden Blut für das Gegenmittel."

Ramona will sie aufheitern und streichelt über ihre Krallen. „Kerstin ist ununterbrochen mit Chantal an den Bluttests dran. Jade und Aris haben sehr viel eigenes Blut für die Tests gespendet. Bestimmt haben wir bald ein positives Ergebnis. Deswegen bleiben wir jetzt bei dir."

Ophelia hustet und lächelt schwach. Sie versucht ihre Krallen zu heben, schafft es aber nicht. „Danke, aber ihr könnt mich ruhig allein lassen und …"

Ramona hält ihre Hand über Ophelias Schnauze. „Von wegen! Wir bleiben bei dir. Schließlich sind wir eine Familie." Sie spürt, dass Ophelia glüht und will Chantal holen. Als sie die Tür öffnet, reißt jemand die Tür von der anderen Seite auf, sodass Ramona zu Boden stürzt und schmerzerfüllt ihren Hintern reibt. Chantal steht mit Kerstin im Raum und haben Infusionsbeutel mit Spritzen dabei.

„Wir könnten es geschafft haben", jubelt Chantal.

„Dieser Test ist dreimal positiv verlaufen. Sollen wir es versuchen?"

Ophelia lächelt und wispert: „Was kann mir denn Schlimmeres passieren?"

Flo und Ramona versuchen Ophelias Hand optimal zu fixieren. Chantal schließt die Infusion am Arm an und lässt das Serum laufen …

Flo sieht, wie Aris und Jade gespannt durch das Fenster sehen und beobachten, wie die Infusionen durch die Schläuche in den Arm fließen.

Als die Infusionsbeutel geleert sind, werden diese von Chantal entfernt. „Ich bleibe jetzt bei Ophelia und überwache den Verlauf. Ihr könnt gerne gehen und bei Änderungen rufe ich euch sofort an."

Die Gruppe sieht zu Ophelia, die zu ihren Freunden blickt. Ramona schaut zu Jade und meint: „Wir bleiben natürlich hier. Ich gehe zu den beiden nach draußen."

Flo sieht zu Kerstin und seufzt. „Ich hätte nie gedacht, dass ich es sagen werde, aber kannst du mir einen Kaffee holen? Am besten eine ganze Kanne."

Kerstin lächelt. „Alles klar, Flo. Ich bin gleich wieder da."

Flo sieht auf die ganzen Instrumente, die an Ophelia angeschlossen sind. Er schnappt sich einen Stuhl und setzt sich direkt zu ihr. Flo nimmt das Tablet in die Hand und zeigt ihr die ganzen Bilder, auf denen sie zu sehen sind.

„Schau mal. Kannst du dich noch erinnern, als du mich in die Enz geworfen hast?" Ophelia lächelt und Flo blättert weiter. Er zeigt ihr schmunzelnd ein weiteres Bild.

„Hier bist du von der Konditorei gekommen und deine Schnauze ist voller Schokolade. In der Dusche musste dir

Ramona helfen, die köstliche Schoki aus deinem Gesicht zu bekommen."

Flo zeigt immer mehr Bilder, damit sie wach bleibt.

Kerstin kommt mit dem schwarzen Gebräu in die Halle und reicht Flo eine Tasse. Als er einen Schluck nimmt und einen Ausdruck des Ekels zeigt, passiert etwas, womit niemand gerechnet hat: Ophelia lacht. Er prustet den Kaffee aus und Kerstin lässt vor Schreck die Kanne fallen. Sie geht direkt zur Drachendame und hält die Hand an ihre Stirn: kein Fieber! Kerstin rennt aus der Halle und ruft nach Ramona und Chantal. Sie flitzen in die Halle und können es kaum glauben. Ophelia will ganz alleine aufstehen, aber Chantal ermahnt sie. „Bitte bleib liegen und lass mich dich in Ruhe untersuchen."

Ophelia verdreht schmunzelnd die Augen, aber hört auf die Ärztin.

Jade und Aris öffnen das Tor und wollen wissen, welche Neuigkeiten vorliegen. Flo rennt zuerst zu den beiden und springt an Jades Hals. „Gute Neuigkeiten. Ophelia scheint es viel besser zu gehen. Das Fieber ist weg, lacht und bekommt ihre saphirblaue Farbe zurück."

„Können wir zu ihr?"

„Gebt mir noch eine Stunde", antwortet Chantal. „Wenn sie keinen Rückfall erleidet, dürft ihr zu ihr. Außerdem können wir euch in der Zwischenzeit viel Platz schaffen und …"

„Chantal", flüstert Ophelia. „Ich habe dir mein Leben zu verdanken. Ich erfülle dir bis an mein Lebensende JEDEN, aber auch wirklich JEDEN Wunsch."

Chantal streichelt über ihre Schuppen. „Ich helfe doch gerne Ophelia. Zum Glück kann ich mit dir sprechen. Bei den anderen Tieren geht das leider nicht und …"

„Natürlich geht das", widerspricht Ophelia. „Wir
Drachen können uns mit allen Tieren unterhalten. Je
kleiner sie sind, desto leichter ist es."
Chantal macht große Augen: „Heißt das, du könntest mir
in der Tierarztpraxis helfen? Ich will aber nicht, dass ich
dir die Zeit …"
Ophelia hält ihre Klauen hoch, so dass Chantal aufhört,
zu reden.
„Liebe Chantal. Du hast bereits mir und meiner Tochter
das Leben gerettet. Natürlich helfe ich dir."
„Sag mal", fragt Ramona Chantal. „Wie sollen wir uns
bei demjenigen bedanken, dessen Blut Ophelia gerettet
hat? Wer ist es gewesen?"
„Genau", spricht die Drachenmutter. „Wem bin ich auch
mein Leben schuldig."
Chantal zückt ein Foto und zeigt es jedem. Zuerst macht
Aris große Augen und fragt, ob er es ist, den er meint.
Chantal nickt.
„Wo ist er?", fragt Aris.
„Nachdem ich ihm das Blut entnommen habe, ist er mit
seinen Eltern nach Hause gegangen. Er hofft, dass
Ophelia ganz gesund wird. Ich habe, mit Erlaubnis seiner
Eltern, das Foto machen dürfen."
„Ich habe ihn als erstes um ganz Mühlacker geflogen",
spricht Aris. „Er hat doch diesen grünen Rollstuhl
gehabt. Dann sollten wir schnellstens zu ihm und unseren
Dank ausrichten. Oder noch besser: Was wäre, wenn wir
…"
Kerstin hält ihn fest: „Ganz ruhig, Aris. Du bist ganz
aufgeregt. Soll dir Chantal eine Beruhigungsspritze
geben? Oder lieber zwei?"
Plötzlich spitzt der Drachenvater die Ohren und geht
wortlos nach draußen; Jade folgt ihm. Chantal und die

Freunde sehen sich an und folgen ihnen. Ophelia bleibt, wie von Chantal befohlen, auf den Matratzen liegen. Sie spitzt die Ohren und sieht ängstlich aus dem Fenster. Die angeschlossenen Instrumente zeigen einen immer schnelleren Puls an …

„Sie sind wieder da", schnaubt Aris. „Aber diesmal erledige ich den Hubschrauber!" Er will abheben, aber Jade hält ihn fest, sodass er schmerzhaft auf den Boden knallt. Er dreht sich mit einem bitterbösen Blick zu seiner Tochter. „Bist du verrückt? Was soll der Blödsinn?!" Jade zeigt nach oben. „Nicht alle Hubschrauber sind gefährlich. Schau doch. Da steht *Rettungsdienst*."

Aris hält sich vor Schmerz die Schulter, die durch den Sturz leichte Blessuren abbekommen hat. Er sieht den Hubschrauber landen und mehrere Personen einen Verletzten ins Krankenhaus bringen.

„Ich werde mich, solange dieser Doktor auf freiem Fuß ist, mit diesen Flugobjekten nicht anfreunden können." Plötzlich tippt ihn die Dame von der Presse an, die niemand bemerkt hat. „Dann könnt ihr euch ab sofort mit jedem Flugobjekt anfreunden."

Alle drehen sich um und sehen die lächelnde Fotografin. „Wie meinen Sie das?", will Ramona wissen.

„Doktor Lebü ist verhaftet worden. Man hat ihn entdeckt, als er mit zwei weiteren Männern in eure Wohnung einbrechen wollte. Er ist jetzt für lange Zeit hinter Gittern."

Sie sieht, wie alle erleichtert ein- und ausatmen. Kerstin rennt zu Ophelia, um auch ihr diese gute Nachricht mitzuteilen. Ramona sieht zu Aris. „Jetzt ist es endlich vorbei. Wollt ihr wieder zum Relax fliegen?"

Aris zeigt Ramona den Vogel. „Solange meine Frau hier ist, gehe ich nirgends hin. Außerdem möchten wir doch unserem Retter unseren größtmöglichen Dank ausrichten. Was er gemacht hat, ist mehr als unbezahlbar …"

Nach zwei Tagen wird Ophelia aus ihrem privaten Krankenzimmer entlassen. Vor der Halle warten die Freunde mit Jade und Aris. Ophelia reckt und streckt sich und breitet ihre saphirblauen Flügel aus. Dabei hört jeder ein leichtes Knacksen. Ramona fragt, ob alles in Ordnung ist. Sie kichert und meint: „Meine Flügel waren viele Tage nicht zum Fliegen da. Ich hoffe, dass ich noch abheben und durch die Lüfte schweben kann. Wer will bei mir mitfliegen?"
Jade hält Flo den Mund zu, bevor er etwas sagt, was sie verletzen könnte. Kerstin geht auf Ophelia zu und freut sich, einen Rundflug mit ihr zu machen. Lächelnd hilft sie Kerstin auf ihren Rücken und stupst sie dankbar an. Ramona kraxelt auf Aris und Flo auf Jade. Zuerst beobachten sie, wie der Start von Ophelia glückt, und nachdem sie mit einem eleganten Schwung in die Lüfte abhebt, folgen die anderen der Drachendame hinterher. Als Kerstin merkt, dass sie nicht nach Hause fliegt, fragt sie, wohin die Reise geht.
„Nachdem der Bösewicht im Gefängnis ist, möchte ich wenigstens das Wochenende im Relax genießen", antwortet Ophelia und summt fröhlich weiter.
Wir haben zwar Mittwoch, aber das muss sie ja noch nicht wissen, denkt Kerstin und schreibt es mit dem Handy ihren Freunden. Flo antwortet, dass er bei Relax anruft. Er flüstert Jade ins Ohr, dass sie kurz in der Luft gleiten soll, damit er in Ruhe telefonieren kann. Danach holt Jade ihre Eltern schnell ein und bestätigt, dass das Erholungszentrum Bescheid weiß. Ophelia

bedankt sich bei Flo und der Flug geht ohne weitere
Verzögerungen weiter …

Viele entspannte Tage später kommen die Freunde mit
der Drachenfamilie zurück nach Mühlacker. Während
Flo den Stapel Post aus dem Briefkasten holt, gehen
Ramona und Kerstin bei Anita und Patricia vorbei, um
die Aufträge anzusehen. Sie betrachten die unzähligen
Anfragen und sprechen mit Anita, wieso sie so viele
angenommen haben. Anita zeigt auf ihrem Bildschirm
die Prioritätenliste und meint, dass viele der besagten
Aufträge nicht sofort erledigt werden müssen.
„Trotzdem sollten sie gemacht werden", antwortet
Kerstin. „Wer fragt die Drachen, ob sie die nächsten
Wochen etwas mehr machen?"
Ramona grinst und zeigt auf ein Bild, auf dem Flo zu
sehen ist. Kerstin lacht auf und stimmt der Idee zu. Als
die zwei die Arbeitshalle verlassen, sitzt Jade vor der Tür
und lächelt den Freundinnen zu. „Ihr braucht meinen
süßen Flo nicht fragen. Wir machen das."
Ramona stupst sie verlegend an. „Vielleicht ist es euch
doch zu viel. Außerdem haben wir schon länger darüber
nachgedacht, ob ihr uns verlassen wollt."
Jade sieht etwas entsetzt zu den zweien und fragt, wieso
sie auf so einen Nonsens kommen.
„Überleg doch mal. Du und deine Mutter, ihr seid fast
von Menschen getötet worden. Ich glaube kaum, dass ihr
damals so einer Gefahr ausgesetzt gewesen seid."
Jade lacht und stupst Ramona an. „Liebe Ramona. Wir
hatten uns damals immer in großer Angst versteckt. Ich
hatte auch einen großen Bruder, der nach einer
nächtlichen Flucht nicht wieder aufgetaucht ist und …"

Zu mehr ist Jade nicht mehr gekommen. Sie wendet sich von den beiden ab, bleibt aber sitzen.

Kerstin und Ramona schauen sich überrascht an. Sie wussten nicht, dass Jade einen Bruder hat. Sie gehen vorsichtig zu Jade und drücken sie ganz fest. „Es tut uns wirklich leid", flüstert Kerstin voller Bedauern zu. „Sollen wir dich allein lassen?"

Jade schnieft und wischt sich die Tränen weg. „Es ist schon ok. Ihr konntet es nicht wissen. Kann ich jetzt gehen?"

Beide nicken und während Jade davonfliegt, gehen sie betrübt zu ihrer Wohnung. Kurz vor dem Eingang öffnet sich das Tor und Flo steht mit den Dracheneltern direkt vor ihnen.

„Was ist denn los?", fragt Aris. „Wo ist Jade?"

Kerstin bittet alle in die Wohnung, vergessen aber das Tor zu schließen. Sie können Ophelias nachdenkliches Gesicht erkennen und setzen sich mit allen auf die Betten. Ramona sieht zu den Eltern und fragt mit leiser Stimme, bei der selbst Flo aufmerksam zuhören muss: „Vorab möchte ich nicht eure Gefühle verletzen. Wenn ich mit dem Gesprächsthema aufhören soll, sagt es einfach."

Aris schaut etwas gelangweilt, aber Ophelia zeigt ein aufmerksames Gesicht und fragt Ramona, was sie ihnen erzählen will.

„Wir haben gerade ein Gespräch mit Jade gehabt. Zuerst wollten wir fragen, ob ihr ein paar Aufträge mehr machen könnt, da wir mehr Anfragen als erwartet bekommen haben."

„Das ist doch kein Problem", unterbricht Aris und streckt sich voller Gelassenheit. „Habt ihr Jade gesagt, dass Flo nicht immer dabei sein kann?"

„Nein", schluchzt Jade, die leise in die Wohnung gekommen ist. „Sie wissen von Bobo. Ich habe es Kerstin und Ramona erzählt. Es tut mir leid."

Flo fragt die Drachenfamilie, wer dieser Bobo ist. Er erschrickt, als die Dracheneltern zusammenzucken und zu weinen beginnen.

Die Freunde sehen zu Jade und sagen, dass sie besser die Wohnung verlassen werden. Aris stoppt das Dreierteam und sagt schweren Herzens, dass sie hierbleiben sollen. Er holt Luft und während sich Jade an ihre Mutter anlehnt, erzählt er von ihrem Drachensohn Bobo. „Wir waren in einem weit entfernten Land in einer Höhle. Damals war Jade noch sehr klein; kleiner als ein Menschenkind. In der Nacht hörten wir viele Menschen außerhalb der Höhle und wollten durch den zweiten Höhlenausgang fliehen. Plötzlich stürzte die Höhle ein. Ich sah noch, wie Bobo die kleine Jade nach draußen schupste, bevor Steine die Höhle blockierten."

Ophelia wischt sich die Tränen weg und stellt sich neben Aris. „Tage später haben wir nachts versucht, nach Bobo zu schauen, aber die Höhle war auch auf der anderen Seite komplett eingestürzt. Da wussten wir, dass wir ihn verloren haben und …" Ophelia wendet sich ab und jeder kann ihre Traurigkeit gut hören. Kerstin geht zur Drachenmutter und drückt sie zum Trost.

Ramona sieht zu Flo, der es sich nachdenklich auf einem Stuhl neben seinem Laptop bequem gemacht hat. Er fragt, welche Farbe Bobo hat.

Jade dreht sich zu Flo. „Rot, wieso?"

Während Kerstin und Aris bei Ophelia bleiben, sehen Jade und Ramona, wie Flo seinen Laptop anschaltet und den USB-Stick mit den Daten von Doktor Lebü einsteckt.

Kurze Zeit später dreht Flo seinen Laptop zu allen um und fragt: „Kann es sein, dass das hier Bobo ist?"

Die Drachen sehen gezielt auf das Bild vom Laptop.

Ophelia springt auf, krallt sich den Laptop und stottert: „Bobo! W… Wo hast du das Bild her? Von wann ist das Bild?"

Flo erbittet das Notebook zurück und tippt etwas ein. Wenige Mausklicks später sagt er, dass die Bilder etwa 2 Monate älter sind als ihr erstes Treffen in Bayern.

Jetzt steht Aris auf und sieht nachdenklich aus dem Fenster. „Die Flucht und das Unglück geschah Monate vorher. Wir sind danach weit geflogen und haben uns in der Nähe von Wunsiedel versteckt."

Kerstin bringt Ophelia etwas zu trinken und fragt, ob sie noch wissen, wo das gewesen ist.

„Ich bin mir nicht mehr so ganz sicher", antwortet die aufgeregte Drachenmutter und dreht sich zu Aris. „Weißt du noch, wo das gewesen ist?"

Er schüttelt verzweifelt den Kopf. „Leider nicht, meine Liebe. Hättest du gedacht, dass wir zu diesem Unglücksort zurückwollen!?"

„Wartet mal", unterbricht sie Kerstin, schnappt sich den Laptop von Flo und tippt auf dem Keyboard rum.

„Wir haben Glück", jubelt sie. „Die Bilder sind mit den GPS-Koordinaten hinterlegt. Damit können wir feststellen, wo es fotografiert worden ist."

Kerstin schließt den Laptop an den Fernseher der Drachen an. Sie tippt die Koordinaten eines der Fotos ein und das Internet zeigt die genaue Position an – der Berg *Monte Cinto* in Frankreich.

Jade macht große Augen. „Glaubt ihr, dass er noch lebt?"

Flo streichelt sie am Vorderbein. „Der Berg ist ziemlich groß. Vielleicht ist er aus dieser Höhle entkommen und versteckt sich in einer anderen Grotte."
Bevor die Reise zum Berg beginnt, packen die Freunde Taschenlampen und Proviant ein. Kerstin nimmt eine Schachtel weiße Kreide und legt diese dazu. Ramona gibt Anita über ihre Reise Bescheid und die Drachen fliegen mit ihren Freunden los.
Während des Fluges merkt Flo, dass Jade ganz aufgeregt ist. Er kann sich auf ihrem Rücken nur mit viel Kraft festhalten und gibt ihr die Info, dass sie anständig fliegen soll.
„Tut mir leid Schatzi, aber was ist, wenn ich meinen Bruder wiederfinde?"
Flo hält sich mit aller Kraft fest. „Wenn du SO weiterfliegst, kannst du zuerst einen neuen Flo suchen."
Jade kichert, entschuldigt sich und fliegt ab sofort ganz vorsichtig.
Es ist ein sehr langer Flug. Die Freunde schauen sich auf den Handys viele Bilder und Videos von sich an.
Der Flug nimmt kein Ende. Bevor die Akkus der Mobilfunkgeräte leer sind, schalten sie diese aus. Sie fragen die Drachen, ob sie ein Schläfchen machen dürfen. Damit sie nicht vom Rücken stürzen, packt jeder einen der Freunde an der Hand. Erstaunlicherweise schlafen alle schnell ein. Jade schwebt zu Ophelia und flüstert ihr etwas zu. Die Drachenmutter verneint Töchterchens Vorhaben. „Das machen wir lieber nicht, auch wenn es ein Vergnügen wäre, sie ins Gewässer zu werfen. Lass uns einfach weiterfliegen."
Nach einem sehr langen Flug ist der Berg endlich erreicht.

Als sie vor dem riesigen Berg angekommen sind, suchen die Drachen einen geeigneten Platz zum Landen. Die Eltern können sich langsam daran erinnern, wo sie sich zur Flucht vor den Menschen versteckt haben. Jade kann sich nur wenig daran erinnern.

„Wie sollen wir die Suche koordinieren?", fragt Flo. „Sollen wir uns aufteilen, sodass immer ein Drache und einer von uns zusammen in eine Höhle gehen?"

„Ich schlage vor", behauptet Jade, „dass ihr Freunde die kleineren Grotten durchforstet und wir die größeren. Ich lass meinen süßen Flo nur ungern allein, aber so können wir erfolgreicher sein."

Alle stimmen dieser Idee zu und Kerstin verteilt Kreide. „Wenn ihr eine der Höhlen erfolglos durchsucht habt, markiert diese mit einem Kreuz am Höhleneingang, damit wir nichts doppelt absuchen. Laut Wetterbericht soll es die nächsten Tage nicht regnen, sodass die Kreuze nicht verwischen."

„Anita hat uns auch in der Nähe ein Zimmer für eine Woche gebucht", meint Ramona. „Sie gibt unseren Kunden Bescheid, dass wir die nächsten Tage nicht da sind."

Kerstin fragt, was wir machen, wenn die Suche nicht erfolgreich ist, oder wenn wir ihn tot finden.

„Wenn er gestorben ist", murmelt Aris, „können wir einen Schlussstrich ziehen - endgültig. Wenn wir ihn nicht finden sollten, müssen wir überlegen, was wir machen, und ..."

„Jetzt hör mit diesen Schauergeschichten auf", unterbricht ihn Flo. „Lass uns jetzt auf die Suche gehen!"

Flo kraxelt auf Jade, Ramona klettert auf Ophelia und Kerstin steigt auf Aris. Sie wünschen sich alles Gute und teilen sich auf.

Aris landet bei einem Höhleneingang und stellt fest, dass er für diesen zu groß ist. „Kerstin. In die Höhle passe ich nicht rein."

„Würde hier Bobo reinpassen?"

„Wenn er nicht so schnell wie Jade gewachsen ist, ja."

„Dann lass mich hier", befiehlt Kerstin. „Ich passe auf mich auf. Vergiss mich aber nicht. Sonst kneife ich dich das nächste Mal am Ohr."

Aris lächelt und verspricht es ihr. Nachdem er sie abgesetzt hat, fliegt er in eine größere Höhle in der Nähe. Während die Freunde bei den kleineren Höhlen von den Drachen abgesetzt werden, durchsucht die Familie die größeren Grotten.

Nach einer Stunde treffen sich alle in der Luft wieder. Mit trauriger Miene verneint jeder etwas gefunden zu haben. Flo sieht auf die Uhr und meint: „Heute führen wir noch eine weitere Suche durch. Sonst geht es morgen weiter."

Die meisten sind einverstanden und die nächsten Höhlen werden angeflogen. Ramona wird von Ophelia abgesetzt und leuchtet fröhlich mit ihrer Lampe in das Gewölbe. Plötzlich hört sie sowas wie Schritte und ruft leise, ob jemand hier ist. Sie lauscht, aber kann nichts mehr hören. Sie schnappt sich ihr Smartphone, um Flo und Kerstin anzurufen; kein Netz. Während des Tippens achtet sie nicht darauf, dass sich jemand nähert. Als sie wieder die Lampe nach vorne hält, stößt sie einen Schrei aus …

Eine Stunde später sind Jade und Aris mit Flo und Kerstin in der Luft und warten auf Ophelia mit Ramona. Plötzlich kommt die Drachendame angeflogen; ohne Ramona auf dem Rücken. Entsetzt fragt Kerstin Ophelia, wo Ramona ist.

„Sie ist nicht aus der Höhle rausgekommen. Ihr zwei müsst sofort nach ihr suchen!"

Sie folgen Ophelia zum Höhleneingang. Kurz davor halten alle Drachen abrupt an und sehen nach vorne. Am Höhleneingang sehen sie die winkende Kerstin und einen hellroten Drachen.

„Das ist Bobo!", jubelt Jade und fliegt voller Freude mit Flo zu den beiden am Höhleneingang. Sie stoppt direkt davor und sieht zu Bobo, der etwas kraftlos wirkt. Obwohl es Jades großer Bruder ist, scheint er nicht viel größer zu sein als Jade bei ihrer Rettung. Sie streckt ihre Arme aus und bittet Bobo in der Drachensprache, zu ihr zu kommen, damit sie ihn tragen kann.

„Jade, bist du das? Aber wie ist das geschehen, dass du so groß geworden bist?"

„Ich erzähle es dir später, Brüderchen. Du siehst sehr hungrig aus. Lass uns was essen. Die Menschen haben ein leckeres Essen, was sich Lasagne nennt. Das wird dir bestimmt schmecken!"

Bobo sieht zu Ramona. „Dieses Menschlein hat mir bereits alles Essbare aus seiner Tasche gegeben. Zuerst wollte ich sie fressen, aber plötzlich sprach sie in unserer Sprache, dass ihr da seid und sie mir helfen will. Wieso sind die Menschen so freundlich geworden!?"

Jade lächelt und streckt weiterhin ihre Arme aus. „Später, Bobo. Jetzt lass uns aus diesem Berg fliegen. Unsere Eltern wollen dich bestimmt auch am sicheren Boden begrüßen. Außerdem habe ich einen Riesenkohldampf."

Bobo lässt sich von Jade behutsam tragen. Ramona krabbelt auf den Rücken von Ophelia und die Drachen fliegen zu dem reservierten Hotel.

Nach der Landung werden die Drachen von vielen Menschen beobachtet. Ramona und Kerstin laufen ins

Hotel. Manche Bewohner nähern sich den Drachen. Die Freunde hören leise die Namen Jade, Aris und Ophelia im Hintergrund. Ängstlich fragt Bobo Jade, was jetzt los ist. Jade antwortet in der Drachensprache, dass nichts passiert. „Die Menschen sind unsere Freunde und sieh dich um: Sie freuen sich, wenn sie uns sehen. Dank Flo, Ramona und Kerstin wurde ich gerettet und sie haben uns eine eigene Wohnung finanziert. Seitdem helfen wir den dreien bei ihrem Unternehmen."

Sie sieht, wie die Freundinnen aus dem Hotel schmunzelnd zurückkommen. Kerstin knufft Bobo an. „Gleich wirst du etwas Leckeres zu essen bekommen. Du hast dich bestimmt nur von dem ernährt, was der Berg hergegeben hat, oder?"

Bobo nickt. „Dieses Menschlein hat mir mehr gegeben, als ich in einer Woche gegessen habe. Ich muss mich nochmals bei ihr bedanken und …"

„Das mache ich sehr gerne", ruft Ramona zu Bobo in der Drachensprache und hilft dem Kellner, Bänke und Stühle aufzustellen.

„Stimmt ja. Die können uns verstehen. Aber wie können sie unsere Sprache sprechen?"

Jade lächelt. „Wir haben sie denen beigebracht. Dafür haben wir ihre Sprache gelernt. Jetzt wollen Ophelia und Aris zu dir. Ich gehe jetzt zu meinem Schatz", und Jade setzt sich anschmiegend zu Flo.

Bobo kratzt sich am Kopf. *Der Mensch ist ihr Schatz?!*
Während Bobo immer weniger von seiner Schwester versteht, sind Aris und Ophelia bei ihm und drücken ihn ganz fest vor Freude. Sie unterhalten sich so lange, bis das Essen serviert wird; Lasagne und Pasta im Überfluss und jede Menge verschiedene Getränke.

Bobo genießt sein Essen und die Getränke in vollen Zügen.

Alle können ihm ansehen, dass es ihm mehr als geschmeckt hat. Er bedankt sich in der Drachensprache beim Kellner. Dieser fragt nochmals nach, was er gesagt hat; Ophelia erklärt dem Ober, dass er vielen Dank gesagt hat.

Am Abend fragt Jade, ob sie nicht zur Wohnung in Mühlacker zurückfliegen wollen. Ophelia sieht zu ihrem Sohn und fragt ihn, ob er in der Zeit des Versteckens überhaupt einmal geflogen ist.

Bobo senkt den Kopf und wispert: „Ich habe mich nur versteckt." Er hebt seine dünnen Flügel und schluchzt. „Ich habe mich nicht getraut. Ich bin so froh, dass diese Menschen mitgeholfen haben, mich zu suchen, denn sonst wäre ich …"

Ramona geht zu Bobo und knufft ihn freudig an. „Wir haben auch Namen, Bobo. Nenn uns bitte nicht Menschen."

Er stupst zurück und entschuldigt sich. „Ok, Ramona. Wenn ich euch wieder mit Menschen ansprechen sollte, könnt ihr euch eine Strafe überlegen."

Darauf drehen sich alle lachend zu Aris, der genau weiß, was sie meinen. Bobo will natürlich wissen, warum sie lachen, und Flo erklärt ihm die Geschichte mit dem Haferschleim.

Aris verdreht die Augen und macht sich abflugbereit. Er trägt seinen Sohn, der voller Dankbarkeit zu seinem Vater nach oben blickt. „Es ist doch peinlich, wenn ein Drache von einem Drachen geflogen werden muss. Es tut mir leid und …"

„Du wirst bald wieder fliegen können, Sohnemann. Jetzt fliegen wir nach Hause. Kerstin, kannst du dem Hotel Bescheid geben und die Rechnung begleichen?"
Sie nickt und flitzt ins Hotel. Nebenher steigen die anderen auf Ophelia und Jade. Zum Schluss macht sich Kerstin hinter Ramona auf Ophelias Rücken bequem und der längere Rückflug nach Mühlacker beginnt.
In der Nacht landen die Drachen vor ihrer Wohnung. Während Flo den Öffnungscode eingibt, trägt Aris den eingeschlafenen Bobo zu Jades Bett und legt ihn sanft auf die weichen Matratzen. Aris hört ihn leise murmeln, kann aber nichts verstehen. Jade überlegt, wo sie diese Nacht schlafen soll, und dreht sich lächelnd zu Flo. „Lass uns zusammen am See übernachten. Einmal ist es schön warm und regnen wird es mit Sicherheit nicht."
„Willst du nicht bei deinem Bruder warten? Er freut sich bestimmt, wenn er neben dir aufwacht."
Jade sieht zu Bobo. „Er schläft tief und fest. So schnell wird er nicht aufstehen. Wir werden bestimmt vor seinem Aufwachen zurücksein."
Darauf packt sich Flo ein paar Dinge und verlässt mit Jade die Halle. Ramona und Kerstin wünschen Aris und Ophelia eine gute Nacht und verschwinden in ihrer eigenen Wohnung.
Als Jade am Illinger See gelandet ist, rutscht Flo mit seiner Tasche von ihrem goldenen Rücken. Sie setzen sich auf die ausgebreitete Decke und sehen zum See.
Jade sieht zu Flo und erzählt ihm, dass sie es nicht glauben kann, dass ihr Bruder noch lebt. „Warum habt ihr uns nie von ihm erzählt? Hätten wir es früher gewusst …"
Jade lacht. „Es klingt doof, aber ohne die Bilder von diesem Doktor hätten wir nicht genau gewusst, wo wir

suchen sollen. Ich überlege fast, ob ich mich bei Lebü
bedanken soll und …"
„Er hat dich fast getötet; genauso wie deine Mutter",
unterbricht sie Flo in einem schroffen Ton. „Ich weiß,
dass du lieb sein möchtest, aber wenn er erfährt, dass es
noch einen weiteren Drachen gibt …"
„Das wird er mit Sicherheit", widerspricht ihn Jade.
„Aber du hast Recht. Wechseln wir das Thema und
stoßen auf meinen Bruder an. Hast du ihn dabei?"
Er packt die Flasche Sekt und eine Tüte Marshmallows
aus, während Jade ein kleines Feuer entzündet. Er sucht
einen Stock, damit die Marshmallows über dem Feuer
brutzeln; er findet jedoch keinen geeigneten.
Darauf schmunzelt Jade und winkt ihn her. „Schau mal.
Ich kann sie doch auf meinen Krallen aufspießen und
über das Feuer halten."
Flo ist von dieser Idee mehr als begeistert und fragt, wie
er es mit dem Sekt machen soll.
Darauf beugt sie sich nach vorne und flüstert: „Kipp ihn
mir einfach in den Mund. Wie DU ihn trinken willst,
bleibt dir überlassen. Es wird bestimmt ein schöner und
besonderer Abend …"

Am Morgen wachen Kerstin und Ramona zeitgleich auf
und sehen auf den Wecker: 8 Uhr. Kerstin greift zu ihrem
Handy. „Ich werde Anita und Patricia anrufen und
mitteilen, dass wir wieder da sind; mit einem neuen
Kollegen."
„Alles klar", gähnt Ramona und streckt sich. „Solange du
telefonierst, schau ich ganz leise nach unseren
Freunden."
Sie öffnet ganz vorsichtig die Tür und schleicht zu den
Drachen. Da die Jalousien nicht ganz geschlossen sind,

traut sie ihren Augen nicht. Aris und Ophelia sitzen auf ihren Betten und beobachten Bobo, der weiterhin im Land der Träume ist. Ophelia sieht Ramona und winkt sie her. Mit leiser Stimme bittet sie Ramona, ob sie ein Frühstück vom Bäcker holen kann. Sie nickt und schleicht wieder zu Kerstin. Während sie sich für die Fahrt zum Bäcker anzieht, erzählt sie Kerstin, dass die Eltern bereits wach und beschützend bei Bobo sind …
Jade wacht beim Gesang der Vögel auf. Sie sieht zu Flo, der ihren goldschimmernden Flügel als Decke genommen hat. Beim Versuch, diesen vorsichtig zu heben, grummelt Flo und hält ihre Schwinge noch fester. „Aufstehen", flüstert Jade in Flos Ohr. „Wir sollten langsam zurückfliegen."
Flo murmelt vor sich hin und dreht sich einfach um. Jade trippelt mit ihren Krallen und ihr Gesichtsausdruck wechselt von lieb auf grantig. Sie packt Flo und fliegt direkt über den See. Bevor er etwas sagen kann, taucht sie ihn in das kühle Gewässer. Nachdem sie ihn klitschnass neben der Decke abgesetzt hat, hört sie ein Fluchwort nach dem anderen. Sie legt sich neben ihn und sieht zu, wie er sich knurrend mit der Decke abtrocknet. Sie streckt ihren Kopf zu ihm und fragt gehässig, ob er gut geschlafen hat. Das lässt sich Flo nicht gefallen. Rasch springt er auf und kneift sie am Ohr; der Schwachpunkt der Drachen. Er sieht, wie Jade ihre Kraft verliert und ihr Kopf landet im Matsch. Flo lacht sich kaputt, als er von ihr die düstersten Sprüche aus ihrer Position im Dreck hört. Flo lässt sie los und Jade bekommt innerhalb Sekunden ihre Kraft zurück. Sie wischt sich mit finsterer Miene den Dreck aus dem Gesicht und streckt ihre Flügel. Er schnappt sich seine Tasche und springt auf ihren Rücken. „Jetzt hatten wir

beide unseren Spaß. Lass uns zurückfliegen. Bestimmt
wartet dein Bruder auf dich."
Jade sieht vor der Landung, wie Ramona an ihrem Auto
mit zwei großen Bäckertüten steht. Sie lässt Flo von
ihrem Rücken abrutschen und fragt Ramona, ob Bobo
bereits aufgestanden ist.
„Bevor ich losgefahren bin, schlief er noch in deinem
Bettchen. Wir müssen für ihn auch ein Bett kaufen."
„Das stimmt", antwortet Jade. „So lange kann er ja bei
mir schlafen", und dreht sich zu Flo. „Du hast ja dein
eigenes Bett bei Ramona und Kerstin. Nicht böse sein,
aber Bobo hat jetzt Vorrang."
Als sie leise die Halle betreten, sehen sie, wie Bobo
aufwacht und sich verschlafen umsieht. „Wo bin ich?",
fragt er in die Runde. „Worauf liege ich hier? Es ist so
weich und gemütlich."
„Willkommen zuhause", kichert Jade. „Das hier ist
unsere Wohnung und sieh mal, jetzt kommt dein
Frühstück; geliefert von Ramona."
Bobo ist noch völlig perplex und betrachtet alles, was er
vom Bett aus sehen kann: die Küche, die Bilder der
Kinder und den riesigen Stoffdrachen.
Ramona und Kerstin haben die belegten Brötchen und
süße Stückle auf zwei kleinen Tischchen vorbereitet und
stellen diese auf Jades Bett. Bobo schaut sich die
duftenden Leckereien an und fragt höflich, ob er
zugreifen kann.
„Natürlich, mein Sohn", antwortet Aris. „Schließlich
willst du eines Tages auch so groß und stark wie deine
Schwester sein."
„Nachdem Bobo ein Brötchen nach dem anderen
verspeist hat, sieht er zu den neuen Freunden, die noch

am ersten Brötchen sind. Er legt verlegen das Baguette zurück.

„Was ist los, Bobo", fragt Flo in der Drachensprache. „Schmeckt es dir nicht? Möchtest du etwas anderes haben?"

Jetzt senkt Bobo den Kopf und fängt an zu weinen. Ophelia hält ihn fest und wischt seine Tränen weg. Er sieht zu ihr auf und zu den neuen Freunden. „Ich esse euch alles weg und ihr müsst am Ende hungern. Das habe ich nicht verdient und …"

„Das ist nicht wahr", unterbricht ihn Kerstin. „Wir brauchen uns dank EUCH keine Gedanken machen, dass jemand von uns hungern muss. Weißt du, was deine Familie bereits geleistet hat?"

Er wischt sich selbst die restlichen Tränen weg und verneint es.

„Sie haben bereits unzähligen Menschen geholfen, die sich auch dafür bedankt haben und …"

„… mir das Leben gerettet", unterbricht ihn Ophelia. „Wenn die Menschen nicht gewesen wären, wäre ich gestorben. Aber jetzt essen wir erstmal weiter", und reicht Bobo das Baguette zurück.

Nach dem leckeren Frühstück klingelt es an der Tür. Flo steht auf und öffnet. Anita und Patricia kommen herein und stellen sich Bobo vor. Da er die Menschensprache verstehen, aber nicht sprechen kann, spielt Aris sehr gerne den Dolmetscher.

Nach der Vorstellung fragt Anita, wann wieder ein paar Aufträge durchgeführt werden. Jetzt sehen sich alle gegenseitig an. Flo dreht sich zur Familie. „Es liegt bei euch. Ihr könnt euch die Zeit nehmen, die ihr braucht.

Nachdem Aris seinem Sohn die Hintergründe erklärt hat, antwortet Bobo. „Kann ich auch helfen? Was muss man da tun?"

Flo informiert Patricia und Anita, dass er später vorbeikommt. Während sie Richtung Arbeitshalle zurückgehen, reicht Flo Kerstin das Telefon. „Du weißt, was du zu tun hast, oder?"

„Du meinst, ich soll Nadja anrufen?"

Flo nickt und erklärt Bobo, dass er einen Sprachkurs im Ort Baden-Baden erhält; eine kleine Flugstrecke entfernt. Bobo zeigt eine innerliche Freude. „Ich freu mich, wenn ich eure Menschensprache lernen darf, aber …"

Ophelia sieht in sein nun wieder ein trauriges Gesicht und fragt, was ihn bedrückt.

Betrübt hebt er seine dünnen Flügel hoch. „Ich weiß nicht, ob ich längere Strecken fliegen kann. Es tut mir leid."

Jade kichert. „Das ist doch kein Problem. Ich fliege dich zur Sprachkurslehrerin Nadja. Du musst wissen, dass wir seit Beginn sehr gute Freunde gewesen sind und …"

Als das Flo beim Colatrinken hört, prustet er das kühle Getränk aus und verschluckt sich dabei. Während ihm Ramona auf den Rücken klopft, fragt Bobo, ob er etwas falsch gemacht hat.

„Das erzählen wir dir später", lächelt Ophelia. „Wir müssen dir noch viel erzählen. Schließlich müssen dich auch die Menschen kennenlernen. Aber du solltest zuerst wieder zu Kräften kommen." Sie dreht sich zu den Freunden. „Ich und Aris können die Aufträge machen. Jade soll lieber bei Bobo bleiben.

Nach Kerstins Telefonat sagt sie allen, dass Nadja erfreut ist, einen weiteren Teilnehmer zu haben. Sie können

bereits heute anfangen und auch in ihrem Garten
übernachten. Dann sparen sie den täglichen Hin- und
Rückflug.
„Das ist doch perfekt", jubelt Aris und rubbelt über
Bobos Kopf. „In kürzester Zeit wird alles wie früher sein;
nur viel besser."
Jade gibt Flo einen Kuss und geht mit Bobo nach
draußen. Er hält sich an ihrem Schwanz fest und der Flug
nach Baden-Baden beginnt. Nebenher lassen sich die
Dracheneltern die neuesten Aufträge geben …

3 Tage später
Am Nachmittag kommen Aris und Ophelia angeflogen
und setzen zur Landung an. Kerstin steht beim LKW
vom Bettenlager und unterschreibt den Lieferschein. Sie
winkt die Dracheneltern herüber und zeigt ihnen Bobos
großes Bett. Aris möchte es testen und legt sich voller
Freude darauf. „Es ist ja weicher als meins. Ihm fällt es
doch nicht auf, wenn wir es tauschen und …" Er spürt,
wie Ophelia an seinem Ohr kneift. „Nein! Das gehört
Bobo. Du lässt es schön stehen!"
Kerstin kichert, wie sie Aris kraft- und bewegungslos auf
dem Bett sieht. Sie sieht zu Ophelia und meint, dass er es
verstanden hat. Sie lässt ihn los und fragt, welche
Aufträge nun anstehen. Plötzlich spitzt Ophelia die
Ohren und geht wortlos nach draußen. Sie sieht, wie Jade
angeflogen kommt; daneben fliegt Bobo, ganz allein.
Als sie gelandet sind, geht Ophelia freudestrahlend zu
ihrem Sohn und drückt ihn ganz fest. „Bist du ganz allein
geflogen?"
„Natürlich", antwortet Bobo in der Menschensprache.
„Neben dem Sprachkurs von Nadja habe ich mit Jade

Flugübungen durchgeführt. Sieh doch zu meinen Flügeln, die in kurzer Zeit kräftiger geworden sind."

Jetzt kommt Aris aus der Wohnung und sieht ebenfalls zu seinem Sohn. „Habe ich richtig gehört? Du kannst die Menschensprache? Fliegen geht auch? Ich bin sehr stolz auf dich!"

„Ich soll Flo einen Gruß von Nadja ausrichten. Wo ist er denn?"

Er ist mit Ramona beim *EDV-Service Burkhardt und Cockburn*. Schließlich bekommst du auch deine Lieferdienstausrüstung: ein Tablet und ein GPS-Sender. Wir werden dir die Funktionen zeigen, wenn du dich dazu bereit fühlst."

Bobo nickt und ist ganz aufgeregt. „Jade hat mir bereits ganz viel erzählt. Ich lass mich einfach überraschen und hoffe, dass ich euch nicht enttäuschen werde."

Jade stupst ihren Bruder an. „Das wirst du nicht. Wenn du willst, ist am Anfang immer jemand von uns dabei. Dann lernst du auch die Menschen besser kennen."

„Einverstanden. Kannst du mir erzählen, wie du und Flo so gute Freunde geworden seid?"

Bevor Jade alles erzählt, sieht sie zu ihren Eltern. Sie haben verstanden und gehen mit Kerstin nach draußen. Bobo hört sich alles ganz genau an: von der Rettung aus dem Berg bis zu ihrem Freundschaftsring.

Nachdem sie alles erzählt hat, sieht Bobo zu einem Bild von Flo. „Wenn ich überlege, wieviel Angst wir vor den Menschen hatten, und du findest in denen einen sehr guten Freund."

Jade zeigt auf ein Gruppenbild von Flo, Kerstin und Ramona. „Sie sind ALLE sehr gute Freunde. Auf sie kann man sich immer verlassen und haben sich in Gefahr gebracht, um mich zu retten."

Plötzlich klopft es an der Fensterscheibe. Jade sieht hinter Ramona und Flo den Van vom *EDV-Service Burkhardt und Cockburn.*
„Das sind diese Computerfreunde", freut sich Jade.
„Bestimmt bringen sie dir deine Arbeitsutensilien."
Bobo macht das Tor auf und winkt sie herein. Er stellt sich selbst bei Julia und Hans vor und lässt sich von beiden das Tablet und den GPS-Sender erklären. Auf einmal kommt noch jemand mit Ramona herein: die Dame von der Zeitung. „Ich dachte, so lernt jeder unseren neuen Freund und Helfer kennen."
Als die Dame von der Presse ihren Fotoapparat zückt, dreht sich Bobo geniert zu Jade: „Was muss ich jetzt machen?"
Darauf winkt Jade alle nach draußen, damit sie sich nebeneinander aufstellen; Bobo in der Mitte. Die Fotografin macht ein Bild nach dem anderen, auch Einzelbilder. Als sie fertig ist, nimmt Hans das Tablet und verbindet es mit der Kamera. Bobo betrachtet die Bilder und fragt mit glasigen Augen: „Da... das bin ich???"
Aris legt seine Krallen über Bobos Schulter. „Das bist du, mein Sohn. In den letzten Tagen bist du größer und kräftiger geworden; auch dank unserer Freunde. Eines Tages wirst du so groß und stark wie deine Schwester sein."
Bobo wischt sich die Tränen weg und drückt seinen Vater so fest er kann. Als er langsam auf die Freunde zugeht, lächelt Flo. „Bevor du uns vor lauter Freude zerdrückst, nehmen wir deinen Dank auch mit Worten an."
Ramona entschuldigt sich und flitzt in die Wohnung. Kurze Zeit später kommt sie mit ihrem Tablet zurück und

stellt sich zu Bobo. „Schau mal, hier kannst du deine Familie sehen, als wir sie zum Hilfedienst vorgestellt haben. Möchtest du das auch haben?"

Bobo sieht zu seiner Familie, die meinen, dass er es selbst entscheiden muss.

Er sieht sich nochmals das Bild auf dem Tablet an und kommt zu dem Entschluss, dass er es nicht möchte. Er sieht zu der Fotografin und fragt, wo die Bilder zu sehen sein werden.

„Sie kommen in unsere Zeitung", antwortet sie und zückt einen Block. „Darf ich noch ein kleines Interview machen?"

Nach dem Gespräch bedankt sich die Fotografin, packt alles in ihr Auto und fährt winkend davon. Ophelia sieht zu den Freunden und fragt, wie es jetzt weitergeht.

Ramona winkt zu Bobo und sie gehen zur Arbeitshalle. Ramona öffnet die Tür und geht auf Anita zu; Bobo streckt seinen Kopf in die Halle und sieht sich um. Anita beendet das Telefonat und sieht zu Ramona. „Ich wollte euch fragen, wann wieder Aufträge durchgeführt werden."

„Sofort", brüllt Bobo. „Was soll ich machen?"

Anita lacht und zeigt Ramona die eingegangenen Aufträge.

Ramona tippt auf den Auftrag *Autobahn Heilbronn*. „Gib das den drachenstarken Eltern. Dafür sind sie mehr als geeignet."

Während Anita die Eltern über diese Aufgabe informiert, erklärt Ramona dem wissensdurstigen Bobo die genauen Tätigkeiten von Anita und Patricia.

Nach ein paar Minuten sieht Bobo nachdenklich zu Ramona. „Muss ich das alles wissen?"

„Nein, nein. Ich wollte es dir nur kurz zeigen. Wenn du magst, kann ich dir eine Auftragsliste zeigen, was deine Familie bereits alles geleistet hat." Ramona zeigt nach oben zum Dachfenster. „Schau mal. Deine Eltern haben ihren Auftrag bekommen und fliegen bereits Richtung Heilbronn."

Bobo spitzt die Ohren und dreht sich um. Er sieht mit Ramona das Auto der Tierärztin zur Wohnung fahren. Chantal steigt aus und sieht überrascht zu Bobo. Ramona geht auf Chantal zu. „Hi, Tierretterin. Woher weißt du über Bobo Bescheid? Es kommt doch erst morgen in die Zeitung. Er ist Jades Bruder."

Chantal lacht. „Das wusste ich nicht. Eigentlich wollte ich zu Ophelia. Ich muss heute in den Zoo nach Stuttgart. Ich wollte fragen, ob sie für mich Zeit hat."

Darauf fragt Bobo in die Runde, was ein Zoo ist. Flo erklärt es ihm, streicht sich über sein Kinn und sieht zu Jade. „Das wäre doch ein idealer Erstauftrag für deinen Bruder, oder?"

„Du meinst, dass er mit Chantal zum Zoo fliegt und den Dolmetscher spielt?"

Darauf macht Bobo große Augen. „Glaubt ihr, ich kann das? Allein?"

Jade stupst ihren Bruder an und meint, dass er das schafft. Alle sehen, dass er aufgeregt ist und leicht zittert. Chantal streichelt Bobo am Vorderbein. „Ich glaube fest an dich. Wir zwei schaffen das schon."

„O… ok. Dann flieg ich mit dir zu dem Zoo. Wie komme ich da hin?"

Kerstin holt Bobos Tablet aus der Wohnung und reicht es ihm. „Ich gebe Anita Bescheid, dass sie dir die Koordinaten eingibt. Dann siehst du es während des Flugs." Sie dreht sich zu Chantal, die bereits ihre

medizinische Tasche aus dem Auto holt. „Chantal kann
dir während des Fluges mit der Route bestimmt helfen."
Bobo holt tief Luft und nimmt die Herausforderung an.
Er hilft Chantal beim Aufsteigen, hebt ab und fliegt los.
„Jetzt hat er seinen GPS-Sender vergessen", meint Jade.
„Soll ich hinterherfliegen und ihn ihm bringen?"
„Er hat Chantal dabei", antwortet Flo. „Ich finde es aber
großartig, dass wir den vierten Helfer im Bunde haben.
Gibt es noch mehr verschollene Geschwister, von denen
wir nichts wissen?"
Jetzt sieht Jade etwas finster zu Flo und er merkt, dass er
diese Frage nicht hätte stellen sollen. „Nein, wir sind zu
viert und mehr wird es wahrscheinlich nicht geben."
Damit Jade wieder gut gelaunt ist, sieht Kerstin auf ihr
Tablet und zeigt es ihr. „Schau mal, Jade. Willst du mit
Flo zusammen auf einem Bauernhof Kürbisse ernten?
Vielleicht bekommst du welche als Belohnung für
Halloween. Bitte werfe sie aber nicht auf ihn. Die sind
schmerzhafter als so ein Apfel."
„Das ist aber schade", lacht sie. „Flo. Beweg deinen
Hintern und hol mein Tablet und den GPS-Sender!
Beeile dich, oder ich fliege mit Kerstin oder Ramona!"
Flo sieht sie etwas geschockt an und überlegt, ob sie das
ernst gemeint hat. Als er sich auf dem Weg zur Wohnung
macht, hält ihn Jade fest und schmunzelt. „Natürlich
machen wir zwei das und beeil dich. Ich will später eine
Lasagne haben."
Kurze Zeit darauf treffen sich Ramona und Kerstin bei
Anita und Patricia. Ramona zeigt auf eine freie Stelle an
der Wand, wo sich die ganzen Bilder vom Hilfedienst
befinden. „Hier können wir ein schönes Bild von Bobo
aufhängen."

„Du hast Recht, aber draußen muss er ebenso dabei sein. Wir können ihn an der Fahne neben dem großen Bild platzieren. Dazu sollten wir ihn aber fragen, ob er das überhaupt will."

Bobo landet mit Chantal vor dem Zoo in Stuttgart. Beim Absteigen fällt den zweien auf, dass viele Menschen erstaunt in ihre Richtung sehen. Ein kleiner Junge kommt mit seiner Mutter auf Bobo zu und bestaunt ihn von Kopf bis Fuß. „Bist du ein Drache von diesem Hilfedienst?" „Genau", jubelt Bobo voller Stolz. „Ich bin seit heute dabei und habe jetzt meinen ersten Auftrag." Chantal zeigt Bobo den Weg zum Affenkäfig und der Fußmarsch beginnt.

Am Abend kommen alle nach und nach zurück. Kerstin sieht, wie Bobo Chantal liebevoll beim Abstieg hilft und sie die Wohnung betreten. Ramona wollte beide fragen, wie es gewesen ist, aber dazu kommt sie nicht. Bobo setzt sich mit Chantal auf sein Bett und unterhält sich voller Freude mit der Tierärztin. Nun betreten die Dracheneltern die Wohnung. Ophelia findet es goldig, wie sich Bobo ohne Angst mit der Tierärztin unterhält. Als Flo ruft, dass Jades angeforderte Lasagne und Pizza bestellt worden sind, spitzt Bobo die Ohren und dreht sich zu seiner Schwester. „Pizza mit Oliven?" „Natürlich, Brüderchen. So wie du sie magst." Jetzt sieht Chantal geschockt auf die Uhr. „Ist es schon so spät? Ich muss morgen früh aufstehen. Ich habe einige Hausbesuche und …" „Darf ich mitkommen", fragt Bobo mit errötetem Gesicht. „Ich möchte helfen und mit den Tieren können doch nur wir Drachen reden."

Ophelia sieht lächelnd zu Flo, der sich an Jades Flanke angelehnt hat. „Eigentlich habe ich es Chantal versprochen, aber wenn du es gerne machen möchtest, habe ich nichts dagegen."

Bobo würde am liebsten vor Freude laut aufschreien, aber bleibt bei Chantals Zusage ruhig. „Möchtest du noch etwas hierbleiben?", fragt Bobo. „Du kannst auch bei uns übernachten und …"

„Ich glaube", unterbricht ihn Aris, „sie muss bestimmt daheim einige Dinge für den morgigen Tag erledigen." Sie nickt und sieht den Pizzalieferant anfahren. „Darf ich mir ein Stück Pizza mitnehmen? Dann muss ich nicht kochen und …" Bobo flitzt nach draußen und redet mit dem Lieferanten.

Flo sieht zu Chantal und meint. „Ich glaube, du hast einen neuen, netten Arbeitskollegen gefunden. Wann soll er morgen bei dir sein?"

„Da wir zusammen fliegen können, reicht 10 Uhr. Ich hoffe, es ist nicht zu früh."

Plötzlich steht Bobo vor ihr und überreicht mit Freuden eine Pizzaschachtel. „Ich bin um 10 Uhr bei dir."

Während Ramona den Pizzalieferanten bezahlt und beim restlichen Tragen hilft, macht sich Chantal auf den Weg. Auf die Frage, was sie für Bobos Hilfe schuldig ist, hört sie Aris lautes Organ. „Wenn du noch einmal so einen Nonsens redest, schnipp ich dein Auto in die Enz, ok?" Sie hat verstanden und fährt mit der duftenden Pizza nach Hause.

Während des Essens wollen alle erzählen, wie ihre Aufträge gelaufen sind; Bobo fängt an. Die Gruppe ist begeistert und erstaunt, was Bobo alles erzählt. Ophelia muss ihn manchmal daran erinnern, dass sein Essen kalt wird, aber er erzählt fröhlich weiter.

Als er zu Ende berichtet hat, sieht er zu den anderen, die bereits fertig gegessen haben. Traurig sieht er zu seiner Mahlzeit, die kalt geworden ist. Ramona steht auf und wärmt sie in der großen Mikrowelle noch einmal auf. Er bedankt sich mit einer kleinen Rauchwolke, die wie ein Herz aussieht und fragt seine Eltern, was sie erzählen möchten.

Aris lacht laut auf und rubbelt über den Kopf seines Sohnes. „So viel haben wir nicht zu erzählen, Sohnemann. Wir haben viele große Steine und Pfähle für die neue Brücke anbringen müssen. Als wir den Teer für die Straße erhitzen sollen, hättest du deine Mutter sehen sollen. Durch ihre Flammen hätte sie fast diese Klohäuschen der Bauarbeiter in Brand gesetzt. Ich konnte sie aber noch rechtzeitig retten. Ophelia streckt Aris ihre blaue Zunge raus. „Du bist auch nicht besser, mein Schatz. Du wolltest dich doch bei einer Pause an den großen LKW anlehnen, der dadurch fast in den Abgrund gestürzt ist." Sie tippt an Aris seinen Bauch. „Vielleicht bist du etwas zu dick geworden und …"

„Ruhe ihr zwei!", brüllt Jade. „Was denkt denn Bobo über euch?" Sie sieht sich um und fragt, wo er abgeblieben ist. „Er sagte, er muss auf die Toilette", antwortet Kerstin. „Ihr habt euch so in euer Gespräch reingesteigert, dass ihr sein Verschwinden gar nicht bemerkt habt. Er wird bestimmt gleich wieder da sein." Als er nach 30 Minuten noch nicht zurück ist, machen sie sich doch langsam Sorgen.

„Wo könnte er sein?", fragt Ramona. „Nicht, dass ihm etwas passiert ist."

„Wenn er nur seinen GPS-Sender anhätte …", seufzt Flo.

„Den hat er", jubelt Ramona und schaltet ihr Tablet an.
„Ich habe ihm diesen gegeben, während er sich mit
Chantal unterhalten hat."
Alle sind gespannt, wo das Signal herkommt: vom See in
Illingen. Während sich die Eltern überlegen, wieso er so
weit geflogen ist, schauen sich Jade und Flo
nachdenklich an. Nun fällt es ihnen ein. „Wir sind gleich
wieder da", rufen die zwei, während sie nach draußen
eilen. Flo springt auf Jades Rücken und mit einem
Schwung fliegen sie davon. Aris wollte hinterher, aber
Ramona hält ihn fest. „Ich glaube ich weiß, was los ist.
Ich erzähle es euch …"
Der Flug ist nur von kurzer Dauer. „Da vorne ist er", ruft
Jade. „Ich lande ein paar Meter von ihm entfernt."
Nach der Landung bleibt Flo im Dunkeln stehen und lässt
Jade zu ihrem Bruder. Trotz der Finsternis kann sie
sehen, wie traurig er zum See starrt. Er wischt sich seine
Tränen weg und fragt, was sie will und woher sie seinen
Standort wusste. Jade erzählt ihm das mit dem GPS-
Sender und setzt sich zu ihm. „Du magst Chantal, oder?
So ähnlich ging es mir auch mit Flo."
Bobo nickt und fragt, warum sie gehen musste.
„Sie hat auch ihre Verpflichtungen, die sie daheim
vorbereiten muss". Nun kitzelt sie ihren Bruder am
Bauch. „Ihr werdet euch ab sofort regelmäßig sehen –
versprochen! Während des Fluges hat Flo bei Chantal
angerufen. Du glaubst nicht, wie glücklich die Tierärztin
mit dir gewesen ist. Ich glaube, sie mag dich auch."
Nun dreht sich Bobo zu Jade. Er drückt sie vor
Begeisterung und will sie nicht mehr loslassen. Auf
einmal sieht er Flo, der völlig abgelenkt mit seinem
Handy in der Wiese sitzt. Er flüstert Jade etwas ins Ohr,
worauf sie den Kopf schüttelt. „Lieber nicht, Brüderchen.

Er kennt unsere Schwachstelle." Entsetzt sieht er zu Jade und fragt, woher er das weiß. Verlegen gesteht Jade ihm, dass sie ihm das erzählt hat. Er verdreht die Augen und pfeift nach Flo.

Er steht auf und fragt zitternd, ob es zurückgeht.

„Dir scheint kalt zu sein", lacht Bobo. „Willst du bei mir mitfliegen oder mit meiner Schwester?"

Er steigt bei Bobo auf. Die Rückkehr nach Mühlacker beginnt …

Am nächsten Morgen steht Bobo überpünktlich auf. Während die anderen Drachen noch im Halbschlaf sind, wünschen sie ihm viel Spaß und schlafen weiter.

Gegen 8 Uhr klingeln sämtliche Wecker. Die Freunde sowie die Drachen stehen langsam auf, strecken sich und freuen sich auf das Frühstück. Während Kerstin und Ramona die Teller abräumen, erzählen Jade und Flo alles vom gestrigen Abend am See mit Bobo.

Um 9 Uhr kommen die Aufträge auf die Tablets der Drachen. Jade ist glücklich, weil sie dank des vorherigen Gesprächs mit Ramona einen besonderen Einsatz mit Flo hat. Die Dracheneltern fragen Kerstin und Ramona, ob sie auch bei ihren Aufgaben dabei sein wollen. Die Freundinnen schauen sich an und finden die Idee ganz gut. Kerstin steigt auf Aris und Ramona springt auf Ophelia. Alle geben Anita Bescheid und mit Begeisterung fliegen die Drachen in die verschiedensten Richtungen.

Bobo fliegt gemütlich zu Chantal. Er segelt tief über die Stadt Mühlacker und sieht sich überall um. Plötzlich stoppt er in der Luft und sieht einen Mann, der einen Blumenstrauß trägt. Er landet direkt bei ihm und zeigt

auf die Blumen. „Hallo. Ich bin Bobo. Kann man diese
Blumen essen?"
Der Herr sieht den Drachen etwas irritiert an. „Nein,
nein, Bobo. Ich habe gerade diese Blumen gekauft und
schenke sie meiner Frau. Die freut sich darüber."
Darüber denkt Bobo nach und fragt, ob er welche haben
kann. „Haben sie Geld dabei?"
Darauf schüttelt Bobo den Kopf.
Der Herr sieht in die traurigen Augen von Bobo, zupft
ein paar rote Rosen vom Strauß und reicht sie ihm.
„Hiermit können Sie bestimmt jemandem eine Freude
machen", und zwinkert ihm zu.
Bobo weiß nicht, was er sagen soll. Die Menschen sind
wirklich sehr nett. Er bedankt sich und fliegt mit den
Rosen zu Chantal.

Währenddessen landet Jade mit Flo in Stuttgart-
Zuffenhausen. Flo betrachtet nochmals den Auftrag und
sieht zur grinsenden Jade. „Kann es sein, dass du diesen
Auftrag explizit für uns ausgesucht hast? Den hätten
doch deine Eltern machen können. Das wäre doch besser
gewesen. Ich kann niemanden fliegen." Jade hört nicht
auf zu lächeln und bestaunt die Kirche. Flo sieht, wie
zwei Damen auf sie zukommen und sich für über den
kurzfristigen Einsatz mehr als freuen. Sie fragen, wie sie
es befestigen können.
Jade stupst Flo an: „Das machst du am besten. Aber
binde es schön fest an Schwanz und Hinterbeine."
Flo tut wie verlangt und befestigt die Dosenketten mit
ganzer Kraft. Als er fertig ist, wedelt Jade mit dem
Schwanz und findet es großartig. Kurze Zeit später öffnet
sich die Kirche und das Brautpaar kommt heraus. Sie
sehen zu Jade und fragen, wieso der Drache da ist. Die

zwei Damen gehen auf das Brautpaar zu: „Wir haben uns gedacht, dass jeder mit einer Limousine fahren kann; ein Drache ist etwas Einmaliges."
Jade gefällt es so sehr und schmiegt sich an Flo. „Sind Hochzeiten immer so schön und bezaubernd?"
„Hochzeiten sind etwas Einmaliges. Es gibt keine Hochzeit, die einer anderen ähnelt. Jetzt kannst du dem Brautpaar nach oben helfen."
„Kommst du nicht mit?", fragt Jade.
„Nein. Ich fahre mit den anderen mit. Ich zeige dir noch kurz auf deinem Tablet, wohin der Hochzeitsflug geht."

Bobo befindet sich seit 15 Minuten neben dem Haus von Chantal; die Rosen fest in der Hand. Er weiß nicht, wie er ihr die duftenden Blumen geben soll. *Ich hoffe, ich mache keinen Fehler.* Er hofft, jetzt keinen Fehler zu machen. Bobo holt tief Luft und klopft mit einer Kralle an ihrer Tür. Kurze Zeit später hört er Schritte, die sich langsam nähern. Die Tür öffnet sich; Bobo und Chantal stehen einander gegenüber.
„Hallo Bobo", freut sich Chantal. „Schön, dass du da bist. Sollen wir los?"
Bobo steht noch etwas baff vor ihr, aber er hat die Blumen nicht vergessen und reicht sie ihr. „Hier, für dich, Chantal. Ich hoffe, sie gefallen dir."
Sie nimmt die Rosen und riecht daran. „Vielen Dank. Sie duften wunderschön. Woher hast du gewusst, dass ich Rosen so sehr mag?"
Jetzt kommt der Moment, wo er weiß, dass Lügen nicht angebracht ist; aber er tat es trotzdem: „Ich habe es mir gedacht. Deshalb bin ich schnell zu diesem Blumenladen."

Sie bedankt sich nochmals mit einer Umarmung, stellt
die Blumen in die Vase und hält sich mit ihrer Tasche
bereit. Sie klettert vorsichtig auf Bobos Rücken und der
Flug zum ersten Hausbesuch startet.

Ramona und Ophelia unterhalten sich während des
Fluges über viele Dinge; hauptsächlich aber über Flo und
Jade. „Was machen wir", brüllt Ophelia, „wenn die zwei
eines Tages ausziehen und nicht mehr im Betrieb bleiben
wollen. Sollen wir uns dann trennen?"
Auf diese Frage scheint Ramona geschockt zu sein und
antwortet erstmal nichts. Nachdem Ophelia nochmals
fragt, kommt Ramona aus ihren Gedanken. „Meinst du
wirklich, dass dies passieren könnte? Ich, Kerstin und Flo
haben schon solange zusammengehalten. Ich könnte mir
das nicht vorstellen, dass er …"
„Wir sind da", ruft Ophelia und zeigt nach unten. „Hier
soll ich beim Aufbau von diesem Konzert helfen. Über
vorheriges Thema reden wir später weiter …"

Aris und Kerstin sind bereits vor dem Krankenhaus nahe
Ludwigsburg angekommen. Neben Baustellenfahrzeugen
können sie Stahlträger, Kupferkabel, Betonmischer und
einen Kran sehen. Kerstin rutscht von Aris abwärts und
sieht einen Mann mit Schutzhelm auf sie zukommen. Er
spricht direkt mit Aris, was zu tun ist. Er nickt und fragt
Kerstin, ob sie auf ihrem Rücken dabei sein will.
„Ich will dir aber nicht zur Last fallen", sprich Kerstin.
„Blödsinn", lacht Aris. Wenn du aber die Stadt unsicher
machen willst, darfst du das gerne tun."
„Du bist gemein. Ich wollte dir eigentlich helfen und …"
„Sie können mir gerne helfen", unterbricht sie der
Bauarbeiter und bittet Kerstin zum Bauwagen. Er rollt

viele Pläne aus, die zeigen, was für den Ausbau benötigt wird. „Wenn sie möchten, können sie auf diesem Plan prüfen, ob bereits alles geliefert worden ist. Wenn was fehlt, können sie mir Bescheid geben. Ich kümmere mich um die zweite Liste." Kerstin nickt und flitzt nach draußen. Während sie sich viel notiert, beobachtet sie Aris, der pfeifend schwere Gegenstände von einem zum anderen Ort befördert.

Als sich der Tag langsam dem Ende nähert, sind alle bis auf Bobo zurückgekehrt. Kerstin sieht, dass Anita und Patricia bereits nach Hause gegangen sind. Ophelia fällt auf, dass Jade ziemlich träge läuft und fragt, was passiert ist. Darauf schmunzelt Flo und zeigt Ophelia und Aris ein Foto von Jade.
„Das ist doch nicht dein Ernst", faucht Ophelia. Ist das eine …"
Jade nickt verlegen und wischt sich die Schokoladencreme aus dem Mundwinkel.
Flo geht dazwischen. „Es ist eine dreistöckige Schokoladencremetorte, speziell für Jade. Zuerst hat sie diese mit einer Kralle probiert. Kurze Zeit danach war die ganze Torte weg."
„Sie war so lecker", schluchzt Jade. Wenigstens musste ich das Brautpaar nicht nach Hause fliegen. Flo habe ich behutsam nach Hause getragen. Mir ist so schlecht. Die nächsten 3 Tage esse ich nichts mehr."
Jetzt grinst Aris. „Doch, doch. Einmal gibt es leckeren Tee von Kerstin und dann …"
„Bitte nicht, Vater."
Er nickt sarkastisch: „Genau das, Töchterchen, wunderschönen, warmen Haferschleim. Ich werde dich auch füttern …"

Nun spitzt Ophelia die Ohren. „Da kommt Bobo. Seine Schwingen klingen von Tag zu Tag kräftiger. Ich bin gespannt, was er uns erzählt."

Er begrüßt seine Eltern, die vollgefressene Jade und die Freunde. Während er über die ganzen Hausbesuche erzählt, sieht Kerstin auf ihr Smartphone und ist positiv überrascht. „Bobo! Hast du Chantal mit ein paar Rosen überrascht? Sie hat mich gefragt, woher du gewusst hast, dass Rosen ihre Lieblingsblumen sind", und zeigt jedem die Bilder mit den roten Rosen in der Vase. „Bist du deshalb so früh unterwegs gewesen, um diese zu kaufen?"

„Äh, ja genau", antwortet Bobo. Blumen sind ja nicht zum Essen da. Der Händler hat mir die schönsten gegeben, welche Chantal dann auch gefallen haben."

Ramona zückt ihr Handy. „Dann rufe ich beim Blumenhändler an, damit wir das Geld überweisen können. Bei welchem warst du denn?"

Ophelia fällt auf, dass Bobo leicht ins Schwitzen kommt und spricht ihn an. „Willst du mir nicht bei einem kleinen Rundflug zeigen, welcher Blumenhändler das gewesen ist? Bevor Ramona alle telefonisch abklappert, ist das doch viel einfacher", und zwinkert ihm zu. „O.K., Mama. Dann fliegen wir kurz los. Die zwei verabschieden sich und verschwinden in der einsetzenden Dunkelheit.

Nach einer kleinen Flugzeit landet Ophelia wortlos; Bobo folgt ihr genauso schweigsam. Sie sieht ihm in die Augen: „Du hast die Blumen nicht gekauft. Erzähl mir bitte die Wahrheit – die GANZE Wahrheit!"

Bobo sieht zu seiner Mutter, aber schafft es nicht, ihr direkt in die Augen zu sehen. Mit gesenktem Kopf wispert er die Geschichte mit dem Mann und die Lüge zu Chantal.

Als er mit dem Geständnis fertig ist, traut er sich
weiterhin nicht, ihr in die Augen zu sehen.
Ophelia macht einen Schritt zu Bobo und hebt seinen
Kopf. „Was du jetzt gerade gemacht hast … war richtig.
Du hast jetzt die Wahrheit gesagt."
„Bist du mir nicht mehr böse?"
Ophelia schüttelt den Kopf. „Jetzt nicht mehr. Ich hoffe,
dass du daraus gelernt hast, dass Lügen zu keinem guten
Ende führen." Darauf schmunzelt Ophelia. „Unsere
Freunde haben es uns nochmals eingetrichtert und sie
haben Recht. Lügen bringen nur Unglück, aber was du
jetzt tun musst, ist dir klar?"
„Ich erzähle es unserer Familie und den Freunden."
„Vergiss Chantal nicht. Das ist wichtig."
Bobo seufzt und wispert: „Mag sie mich dann überhaupt
noch?" „Wenn du ihr die Wahrheit sagst, wird sie es
bestimmt verstehen. Sollen wir zusammen zu ihr
fliegen?"
Bobo wischt sich die einzelnen Tränen weg und streckt
seine Flügel aus. „Nein, das schaffe ich ganz allein.
Danke, Mama. Jetzt geht es mir viel besser." Er gibt
Ophelia ein Küsschen und fliegt Richtung Chantal.
Die Drachendame schaut noch ihrem Sohn nach und
fliegt nach Hause.

In der Nacht hören die Dracheneltern, wie Bobo nach
Hause kommt; sie sagen aber nichts und bleiben still
liegen. Jade macht in ihrem Bett etwas Platz für ihren
Bruder. Er streichelt über Jades Kopf und versucht zu
schlafen. Sie sieht zu Bobos lächelndes Gesicht und tippt
ihn vorsichtig an. Er dreht sein Kopf zu ihr und flüstert,
ob sie es von Mama weiß. Sie nickt und tuschelt zurück,

dass er es morgen erzählen kann. Jade gibt Bobo ein Küsschen und beide schlafen schnell ein.

Am Morgen klingelt der 8-Uhr-Wecker. Ophelia sieht zu Bobo, der sich dicht an Jade angelehnt hat. Langsam stehen auch die Geschwister auf, wobei Bobo aus dem Bett springt. Durch den Sprung treffen seine Krallen Jades Flanke, wodurch sie laut aufschreit. Aris hört wieder eine zerspringende Nachtischlampe bei den Freunden und fragt lachend, welche heute zu Bruch gegangen ist. Jade knallt Bobo auf die Flanke, wodurch er auch aufschreit. Flo rennt aus der Wohnung und fragt, was passiert ist. Ophelia kann sich vor Lachen nicht mehr halten und erzählt ihm das Geschehen. Flo will loslachen, aber nachdem sich Jade mit einem finsteren Blick zu ihm gedreht hat, geht er ganz langsam in seine Wohnung zurück.

Während des Frühstücks erzählt Bobo die erfreuliche Nachricht, dass er und Chantal gute Freunde geworden sind und sie ihm die kleine Lüge mit den Rosen verziehen hat.

Er sieht zu Jade, die von Aris eine weitere Portion Haferschleim bekommt. „Darf ich mal probieren?"

Jade schiebt ihm die ganze Schüssel rüber und wartet auf seine Reaktion.

„Das schmeckt doch ganz gut", meint Bobo. Kann ich noch etwas davon haben …"

„Du darfst es gerne aufessen", unterbricht ihn Jade. „Ich habe keinen Hunger mehr."

Nach dem Frühstück schaut Ramona auf die eingehenden Aufträge und verteilt diese an die Drachenfamilie – bis auf Bobo. Die Freunde besprechen etwas miteinander und drehen sich danach zu ihm.

„Pass mal auf, Bobo", lächelt Kerstin. „Wir können uns

vorstellen, dass du überwiegend Chantal helfen willst.
Möchtest du dauerhaft mit Chantal zusammenarbeiten?"
Bobo schaut die Gruppe wie erstarrt an. Erst als es an der
Tür klingelt, kommt er zu sich. „Seid ihr sicher, dass das
funktioniert? Vielleicht will sie das nicht und …" Er
verstummt, als er Chantal an der Tür sieht.
Ramona knufft ihn an. „Chantal freut sich sehr über diese
drachenstarke Tierhilfe."
Jetzt sieht Bobo zu dem Tablet am Tisch. „A…Aber ihr
habt mir doch diese kostspieligen Sachen gekauft. Diese
liegen jetzt nur rum. Soll ich euch nicht …"
„Ach Brüderchen", unterbricht ihn Jade. „Vielleicht
tauschen wir auch mal die Plätze. Dann darfst du mit
meinem Schatzi die Welt unsicher machen und ich
unterhalte mich mit Ratten und Spinnen."
Darauf machen sich die Drachengeschwister
abflugbereit; Bobo mit Chantal und Jade ganz allein.
Zur Mittagszeit kommt Jade zu ihrer Pause zurück. Sie
marschiert fluchend direkt zur Drachendusche und wirft
keinen Blick zu den Freunden, die am Tisch sitzen. Flo
erkundigt sich flüsternd bei Ramona und Kerstin,
welchen Auftrag sie bekommen hat. Kerstin zeigt ihm
hämisch den Auftrag der städtischen Müllabfuhr. „Bitte
sag, dass es um Papiermüll ging."
„NEIN! Es war der stinkende, ekelhafte Biomüll", faucht
Jade aus der Dusche. „Nächstes Mal kippe ich den Müll
über eure Autos!"
Flo zuckt zusammen und tuschelt zu Ramona und
Kerstin. „Soll ich Jade beim Einseifen helfen?"
„Das wäre eine gute Idee", antwortet Ramona. „Pass aber
auf, dass sie dich nicht an den Duschkopf hängt."
Er schnappt sich den großen Schwamm und begibt sich
vorsichtig in den Drachenduschraum.

Als Jade mit Flo glücklich und zufrieden die Dusche verlässt, sehen die Freundinnen erleichtert zu den beiden. Jade schaut zu Ramona: „Wie ihr seht, hängt er nicht am Duschkopf. Er hat mich schön saubergemacht und …"
„Ich habe dich verstanden", lacht Ramona. „Was möchtest du denn Essen? Lasagne haben wir leider keine und …"
Jade spitzt die Ohren und sieht aus dem Fenster. Als sie ihren Vater mit zwei großen Taschen einer Fastfoodkette sieht, streckt sie ihre gelbe Zunge raus. „Ihr braucht euch nicht um mein Essen kümmern. Es ist zwar keine Lasagne, aber mein Vater bringt bestimmt etwas ganz Leckeres."
Zum selben Zeitpunkt kommt auch Ophelia angeflogen, die mehrere Taschen mit den Hinterbeinen trägt. Am Aufdruck vom Biohof können die Freunde feststellen, dass es sich um etwas Gesundes handeln muss. „Solange Bobo keine Tasche mit Krabbeltieren mitbringt", lacht Kerstin und hilft den Drachen mit den Tüten der Leckereien.
Nach dem leckeren Mittagessen fragt Jade die Freunde, ob sie ein paar Stunden Pause haben kann. „Das ist kein Problem", antwortet Kerstin und verschiebt den nächsten Termin auf den Nachmittag.
„Kann ich dir bei etwas helfen?"
„Nein, danke. Das schaffe ich schon allein." Sie verabschiedet sich und fliegt los.
Flo will sein Tablet nehmen, aber Kerstin nimmt es ihm aus der Hand. „Nein, Flo. Lass sie in Ruhe. Wenn sie Hilfe braucht, drückt sie den Notfallknopf."
Jade fliegt in die Stadt und schaut sich um. Da sie es nicht findet, fragt sie ein paar Personen nach ihrem gewünschten Ziel. Sie hat Glück und viele wissen den

Weg. Sie bedankt sich und fliegt schnurstracks zu dem
Laden. Sie schaut durch die Fenster und findet eins
schöner als das andere. Eine Dame kommt heraus und
fragt, ob sie Jade helfen kann. Jade errötet. „Es kann sein,
dass ich bald eins brauche." Jetzt schluckt die
Verkäuferin. „Meinen Sie für sich selbst?"
„Richtig. Wenn es soweit ist, melde ich mich. Wäre es
möglich, wenn ich …"

Gegen Abend kommen alle Drachen zurück. Ramona
fällt Jades nachdenkliches Gesicht auf und winkt sie nach
draußen. Sie entschuldigt sich bei allen und wünscht
ihnen einen guten Appetit. Ophelia wundert sich, aber
lässt sie ohne Rückfragen gehen.
Jade fragt Ramona, ob sie ein Stückchen fliegen können;
an einem schönen Ort, wo sie meistens allein sind. Sie
nickt und steigt auf ihren Rücken. Jade hebt ab und fliegt
an ihren Lieblingsort: der See in Illingen, wo sie schon
viele schöne Dinge mit Flo erlebt hat. Während des
Fluges erklärt Jade, über was sie mit ihr sprechen
möchte. Jade dreht sich zu Ramona und fragt, ob sie
lieber zurückfliegen soll. Ramona streicht über ihre
goldenen Schuppen und zeigt Richtung See.
Am See landet Jade und Ramona steigt ab. Sie sieht sich
um: niemand zu sehen. „Danke, dass du mitgekommen
bist. Ich wusste nicht, ob du mich auslachst, aber ich …"
„Du willst wissen, ob das funktioniert. Ich glaube leider,
dass dies nicht möglich ist."
„Das weißt du doch nicht", faucht Jade und wird lauter.
„Wieso sollte das nicht gehen?!"
Ramona geht einen Schritt zurück und wird genauso laut
wie Jade. „Wenn du mich weiter so anbrüllst, ruf ich Flo
an, damit er mich abholt. So rede ich nicht mit dir!"

Jetzt laufen Jade die Tränen, sie geht 3 Schritte zurück und entschuldigt sich für ihr schlechtes Benehmen. Sie dreht sich um und seufzt, dass sie Flo für die Rückfahrt anrufen soll.

Ramona sieht von der Seite, wie traurig Jade ist und geht auf sie zu. „Jetzt hör doch auf. Ich weiß doch, wie sehr du Flo magst."

„Tut mir wirklich leid. Kannst du das irgendwo nachfragen?"

Ramona verspricht es ihr und zeigt auf die Wiese am See. „Hat er dir hier den Ring gegeben?"

Jade nickt und meint, dass dies so schön gewesen war. Da die Dunkelheit den ganzen Platz umhüllt, beschließen sie den Rückflug. Ramona verspricht ihr nochmals, dass sie es prüfen und niemandem etwas sagen wird. Jade bedankt sich mehrmals und beide fliegen zurück. Daheim fragt niemand über die plötzliche Aktion nach. Alle liegen auf den großen Drachenbetten und sehen einen schönen Heimatfilm an. Langsam werden alle müde und schlafen nach und nach ein.

Am nächsten Tag stehen alle dank Aris rechtzeitig auf. Ramona zieht Flo ins Bad und teilt ihm mit, dass er heute mit Jade die Aufträge durchführen muss. Er nickt und sieht die unzähligen Anfragen an. Er zieht die passenden raus und begibt sich mit zwei Brezeln und einer Wasserflasche zu seinem Schatz Jade. Kerstin teilt Aris und Ophelia ihre Tätigkeiten mit; Bobo macht sich für Chantal fertig.

Als alle Drachen abgeflogen sind, geht Ramona auf Kerstin zu. „Ich weiß, dass ich es niemand erzählen soll, aber ich brauch deine Hilfe. Jade möchte Flo gerne …"

„Ich weiß", unterbricht sie Kerstin. „Sie möchte Flo gerne heiraten. Aber ich glaube kaum, dass dies möglich ist." Ramona sieht völlig perplex zu Kerstin. „Woher weißt du das!? Ich dachte, sie hat es nur mir erzählt." Kerstin kichert." Sie hat es nur DIR erzählt, aber sie murmelt ganz leise im Schlaf. Ich lag doch heute Nacht direkt neben ihr und konnte es hören. Wenn du willst, ruf ich beim Standesamt an."

Ramona bedankt sich bei Kerstin und reicht ihr das Telefon. „Gute Nachricht. Der Akku vom Schnurlostelefon ist vollständig aufgeladen. Viel Spaß beim Telefonieren."

Nach einer knappen Stunde legt Kerstin erschöpft auf und ruft nach Ramona. Nach dem dritten Gebrüll kommt sie aus ihrer Wohnung. „Tut mir leid, aber ich habe ein kleines Schläfchen gehalten." Sie sieht zu Kerstins Block, auf dem viele beschriebene Seiten sind. „Was hast du alles aufgeschrieben? Ist unsere Anfrage so kompliziert?"

Kerstin schiebt ihr die unzähligen Seiten auf ihre Tischseite rüber. „Ich musste mit sämtlichen Ämtern telefonieren: Vom Einwohnermeldeamt über die Ausländerbehörde bis zum Standesamt."

Ramona sieht kurz über die Blätter. „Du bist eine große Hilfe, Kerstin. Wenn du mir jetzt eine positive Nachricht geben kannst, wäre es perfekt."

Kerstin sieht zu Ramona mit einem neutralen Blick. „Eine Hochzeit geht nicht. Das haben mir alle mitgeteilt, aber wir könnten Folgendes tun …"

In dem Moment, wo Kerstin mit der Erzählung anfangen will, geht das Tor auf; Aris und Ophelia kommen herein. „Der Auftrag war ein Witz. Den hätte ich oder Ophelia allein machen können. Sollen wir bei Anita nach weiteren Aufgaben fragen, oder macht ihr das?"

Während Ramona nach passenden Aufträgen sucht, sieht Ophelia die beschriebenen Papiere. Bevor Kerstin reagieren kann, hat sie diese bereits in dem Krallen. Sie sieht die Überschrift

Hochzeit Jade und Flo?

„Bitte sagt nichts", fleht Kerstin zu Ophelia und Aris, der es auch gelesen hat.

Die Drachendame gibt die Blätter zurück, sieht aus dem Fenster und murmelt: „Also habe ich richtig gehört, was Jade in der Nacht gemurmelt hat." Sie dreht sich zu Kerstin.

„Funktioniert das überhaupt? Menschen können doch nur Menschen heiraten."

Kerstin setzt sich mit Ramona und den Drachen auf die Betten. Sie sucht eins der Blätter und zeigt es jedem.

„Das ist richtig", seufzt Kerstin. Eine Hochzeit ist unmöglich. Ich habe mit vielen gesprochen; ja, sogar eine Telefonkonferenz durchgeführt."

„Dann muss unser Töchterchen damit klarkommen", behauptet Aris. „Bei mir und Ophelia war es einfach so und fertig."

Ophelia zwickt ihn in die Flanke. „Sei nicht so gemein. Es geht um unsere Tochter und sie wünscht sich das."

Kerstin geht dazwischen. „Es gibt aber eine Möglichkeit, die die Damen und Herren vorgeschlagen haben. Es ist zwar keine richtige Hochzeit, aber so ähnlich. Ich erkläre es euch …"

Als sie zu Ende erzählt hat, streicht sich Aris über sein Kinn. „Das ist eine gute Idee. Daran hätte ich nie gedacht."

„Wie denn auch", lacht Ramona. „Ich wusste nicht, dass du dich mit unserem Eherecht auskennst."

Aris streckt ihr die Zunge raus und fragt, was sie jetzt machen müssen.

„Eigentlich sollten wir erstmal Flo fragen. Wenn er es nicht will, hat sich das erledigt und …"

„Wer sagt denn, dass ich das nicht will", ruft Flo durchs offene Fenster; Jade steht überglücklich dahinter. Er öffnet das Tor und sieht die verdutzten Freunde nebst Eltern. „Wir haben das ganze Gespräch am Fenster gehört und finden die Idee wirklich gut. Selbst Jade hat bereits beim Brautmodengeschäft nachgefragt." Er tippt auf Jades Tablet. „Wir brauchen neue Aufträge. Ihr könnt euch um diese Freundschaftstrauung kümmern."

Alle stimmen zu und jeder führt seine weiteren Aufgaben durch.

Die Tage vergehen. Kerstin hängt nur noch am Telefon und Ramona notiert alles, was benötigt wird. Als sie den Bereich Lokation und Personen erreicht hat, geht sie nachdenklich zu Kerstin, die gerade mit der Pizzeria spricht. Nachdem sie aufgelegt und alles aufgeschrieben hat, dreht sie sich zu Ramona: „Wo drückt der Schuh?"

„Jetzt kommt die große Frage", meint Ramona. „Wen sollen wir einladen und wo sollen wir feiern?"

Kerstin denkt nach und zuckt mit den Achseln. „Keine Ahnung. Alle?"

Ramona zeigt den Vogel. „Du bist witzig. Willst du alle aus Mühlacker einladen?"

„Nein, aber du bringst mich auf eine Idee. Wir können alle einladen, die uns bereits Aufträge gegeben haben, alle die uns bei etwas geholfen haben und alle, die Blut für Ophelia gespendet haben. Was meinst du?"

Ramona denkt nach und meint: „Wieso nicht? Ich gebe Anita und Patricia Bescheid. Das wird deren Aufgabe sein."

Während Ophelia und Aris die Aufträge durchführen, hilft Bobo Chantal in ihrer Tierarztpraxis. Flo unterstützt Anita und Patricia mit den unzähligen Einladungen und klebt nach und nach sämtliche Umschläge zu. Zweimal täglich werden diese von einem Kurier abgeholt und verschickt.

Jade landet mit Kerstin und Ramona vor dem Brautmodengeschäft. Kerstin sieht zu Jade, die völlig aufgeregt ist und beruhigt sie. „Ramona holt kurz die Verkäuferin. Wir werden bestimmt etwas Passendes für dich finden."

Kurze Zeit später kommt die Beraterin mit einem dicken Buch heraus und zeigt dem Dreiergespann, was es alles an Möglichkeiten gibt. Jade bestaunt eine nach der anderen und findet diese Alternativen mehr als bezaubernd. Sie hat einiges gefunden und die Verkäuferin notiert sich alles.

Kerstin fragt die Beraterin, wie lange es dauern wird, bis es für Jade erstellt wird.

Sie sieht zu Jade und meint: „Ich denke, wir benötigen 6 Wochen dafür. Wäre das ausreichend?"

Bevor Jade wegen der langen Zeit protestiert, kommt Ramona dazwischen. „Das ist zeitlich in Ordnung. Jade weiß, dass sowas etwas Zeit in Anspruch nimmt und freut sich darauf."

„Das freut mich", sagt die Beraterin. „Jetzt muss ich noch ein paar Stellen abmessen und der Auftrag kann beginnen." Jade tut wie verlangt und stellt oder legt sich hin, wie sie es mit ihrem Maßband verlangt. Nach der einen oder anderen kleinen Verrenkung ist die

Verkäuferin fertig und sieht zufrieden zu Jade. „Das wird bestimmt wunderschön. Ich melde mich, sobald wir die ersten Teile für die Anprobe haben." Jade und die Freunde bedanken sich und machen sich für den Heimweg fertig.

Die Wochen vergehen.
Jade wartet täglich auf den Anruf vom Brautmodengeschäft. Anita und Patricia sammeln die Zusagen aller Personen ein. Viele erklären sich auch bereit, Speisen und Salate zum besonderen Ereignistag mitzubringen. Anita erhält auch sehr viele Anrufe, ob es ernst gemeint ist, kein Geschenk mitzubringen. Das ist Jades großer Wunsch. Es ist ihr schon Freude genug, wenn ganz viele Menschen vorbeikommen, um diesen Tag zu genießen.
Am späten Nachmittag klingelt Kerstins Telefon. Da Jade mit Flo einen Auftrag durchführt, holt sie nur Ramona her und stellt das Telefon laut. Beide lächeln und notieren die Termine zur Anprobe von Jade und Flo. Als sie auch die E-Mail mit den Bildern der Kleidungsstücke betrachten, läuft Ramona eine Träne. „Es sieht alles wunderschön aus", schnieft sie. Da wird sie sich sehr freuen."
„Bestimmt", antwortet Kerstin und versucht, die Tränen zu unterdrücken. „Sollen wir sie später mit der guten Nachricht überraschen?"
Ramona nickt, druckt ein Bild mit dem Termin zur Anprobe aus und legt es mit einem gezeichneten Herz auf Jades Bett.

Es ist soweit – der Tag der Freundschaftstrauung.

Am frühen sonnigen Morgen sind bereits alle vor dem
Ertönen des Weckers wach. Jade ist ganz aufgeregt und
sieht zu ihrer Mutter. „Kann ich es jetzt anziehen? Bitte,
bitte, bitte." Ophelia nickt und winkt Tochter und Aris
zur anderen Halle. Zeitgleich macht sich Flo im Bad
frisch und zieht seinen Anzug an. Kerstin kontrolliert, ob
alles passt und zeigt den Daumen nach oben. „So gut
angezogen werden wird dich nie wieder sehen, oder?"
„Höchstens, wenn du oder Ramona heiratet", lacht Flo
und bindet seine braunen Schuhe zu. Als Flo fertig ist,
flitzen die Damen ins Bad.
Kurze Zeit später traut Flo seinen Augen nicht, als er die
zwei Freundinnen sieht: Beide stehen mit einem schönen
Kleid vor ihm, die mit Blümchen verziert sind.
Flo fragt, ob er jetzt Jade sehen kann.
„Noch nicht", kichert Kerstin. „Sie fliegt mithilfe ihrer
Familie zum See. Sie wird in ein riesiges weißes Tuch
eingehüllt, damit sie niemand sehen kann und im Vorfeld
fotografiert."
„Ihr habt wirklich an alles gedacht", lacht Flo. Dann
können wir jetzt nach Illingen fahren." Er wirft Ramona
ihren Autoschlüssel zu. „Du darfst fahren. Das erinnert
mich an damals, wo wir im Lotto gewonnen haben …"
Als sie vor dem See in Illingen angekommen sind, sehen
sie eine parkende Fahrzeugkolonne, Busse und viele
Fahrräder. Ramona fährt langsam zum See und sieht
bereits die Fotografin, das EDV-Team, Nadja, Chantal,
Anita und Patricia. Ramona wird von Nadja an einen
Parkplatz gewunken. Sie steigen aus und sehen viele
Menschen, die Drachenfamilie und die eingehüllte Jade
auf einem Podest.
„Ich hoffe, sie erstickt nicht darunter", scherzt Flo zu
Chantal.

„Nein, das tue ich nicht!", brüllt Jade unter dem Stofftuch. „Aber es ist trotzdem sehr unangenehm. Darf ich nicht endlich raus?"

Plötzlich erschrickt Kerstin und flüstert zu Ramona und Flo: „Sagt mal, wer führt jetzt die Trauung durch?"

Die drei sehen sich geschockt an und sehen zur verhüllten Jade und zu den vielen Gästen.

Plötzlich schnippt Kerstin mit den Fingern. „Ich weiß, wer dies machen wird, und zwar …"

Die Freunde finden diese Idee großartig und fragen sich durch, wer ihn gesehen hat.

Kurze Zeit später ruft Ramona, dass sie ihn gefunden hat und schiebt ihn her - den Jungen Tim im grünen Rollstuhl, der Ophelia das Leben gerettet hat.

Tim fühlt sich sehr geehrt und bedankt sich dafür.

„Du brauchst dich nicht bedanken, Tim. Schließlich hast du Ophelia das Leben gerettet und wolltest nichts dafür haben."

„Ich helfe so gut es geht", antwortet Tim. „Was muss ich eigentlich alles sagen? Ich will nichts falsch machen und …"

„Du kannst nichts falsch machen", lächelt Kerstin. „Ich habe ein paar kleine Dinge für dich aufgeschrieben."

Er liest es schnell durch und nickt. „Ich hoffe, ich werde nichts vergessen."

Währenddessen lässt sich Ramona von Hans das Mikrofon geben. Kerstin nimmt Glas und Löffel und lässt es vor dem Mikrofon erklingen, damit rund um den See Stille herrscht.

Ramona fängt an: „Liebe Gäste. Zuerst möchten wir uns bedanken, dass ihr so zahlreich zu diesem wunderschönen Event erschienen seid. Dieser Tag ist etwas ganz Besonderes, was es nur einmal auf der ganzen

Welt geben wird. Heute wird sich Flo mit unserer wunderschönen und einzigartigen Jade zur ewigen Freundschaft trauen." Kerstin sieht zur Drachenfamilie und hebt die Hand. Sie nicken und halten das Tuch an den Enden. Gleichzeitig fliegen sie nach oben und das Staunen ist überall zu hören. Sie trägt einen Schleier vor dem Gesicht und auf dem Kopf einen Blumenkranz. An den Händen sind weiße Handschuhe und ihr Hals trägt eine silberne Kette, die in der Sonne glitzert. Die Schleppe weht hinter ihren Flügeln leicht im Wind.

Flo bekommt vor lauter Erstaunen kein Wort heraus, bis ihn Jade ganz vorsichtig anspricht. „Gefalle ich dir? Willst du nicht zu mir nach oben kommen?"

Plötzlich fällt Kerstin etwas ein und hält Flo fest. „Moment mal. Sie hat etwas Neues und etwas Altes, den Freundschaftsring. Sie braucht aber noch etwas Geliehenes und was Blaues!"

Darauf kommen Aris und Ophelia dazu. Aris nimmt den GPS-Sender vom Handgelenk und gibt diesen seiner Tochter. „Es ist nur geliehen, Töchterchen. Morgen will ich ihn wiederhaben."

Darauf hört man ein humorvolles Lachen um den ganzen See. Sie stupst ihren Vater an und bedankt sich.

Nun kommt Ophelia zu ihr. Sie zupft sich eine blaue Schuppe ab und befestigt diese an den Blumenkranz. „Jetzt hast du auch etwas Blaues. Du siehst wunderschön aus."

Unter Tränen umarmt sie ihre Mutter und dreht sich zu Kerstin. „Jetzt müsste ich alles haben, oder?"

Sie nickt und sieht zu Flo und Tim. „Jetzt fehlen nur noch diese Zwei auf dem Podest."

Bobo hat sofort verstanden und fliegt Tim direkt vor Jade. Flo kraxelt nach oben und stellt sich neben Jade. Er befestigt das Mikrofon an dem Ständer vor Tim. Die Freundschaftstrauung beginnt.

Tim erzählt viele schöne Dinge von Jade und Flo: Er beginnt mit der Rettung aus dem Schneeberg, das erste alleinige Treffen, die gemeinsamen Aufträge. Als er zu dem Punkt mit dem Freundschaftsring kommt, sieht Ramona zu Kerstin und flüstert ihr etwas zu. Sie lächelt und zeigt zur Kristallschale, die Bobo in den Händen hält.

Tim erzählt so bezaubernd, dass auch den Dracheneltern die eine oder andere Träne an der Wange herunterkullert. Bobo versucht es zu unterdrücken, aber nachdem Tim von seiner eigenen Rettung erzählt, laufen auch welche über seine Wange.

Nun kommt der große Moment. Er rollt mit seinem Rollstuhl zu Jade und Flo; das Mikro fest in der Hand. Bevor er anfängt, sieht er zu Bobo mit der Kristallschale. Zufrieden sieht er wieder zu den beiden. „Liebe Jade. Willst du Flo zu deinem einzigen festen Freund für alle Zeit nehmen - in guten wie in schlechten Zeiten? Dann antworte mit Ja."

Jade sieht zu Flo und antwortet: „Ja, ich will!"

Tim sieht zu Flo und stellt ihm die gleiche Frage.

Er sieht mit glasigen Augen zu Jade. „Ja, ich will!"

„Dann erkläre ich es zur einzigartigsten festen Freundschaft aller Zeiten." Tim nimmt die Kristallschüssel von Bobo und gibt jedem den goldglänzenden Ring des Partners. Sie befestigen ihn gegenseitig an den Finger und drücken sich unter Applaus ganz fest.

Jade schnuppert in der Luft und sieht nach links; eine gigantische 5-stöckige Torte, die gerade von der

Konditorei geliefert worden ist. Trotzdem lässt sie Flo
den Vortritt und begibt sich nach ihm vom Podest runter;
Bobo hilft Tim hinab. Bevor Jade in die Nähe der Torte
kommt, wird sie von jedem Einzelnen beglückwünscht.
Kerstin kichert zu Ramona. „Jade würde am liebsten
jeden in den See schupsen, um zur Torte zu kommen."
„Da hast du recht", lacht Ramona. „Ich glaube trotzdem,
dass sie jedem Gast ein Stück gibt. Ich denke, wir gehen
zum Schluss auf die beiden zu. Lass uns zur
Drachenfamilie gehen. Ophelia benötigt bestimmt noch
viele Taschentücher …"
Die Hochzeit läuft bezaubernd ab. Jeder hat seine Freude
an diesem Fest. Anita und Patricia haben jedem einem
Luftballon gegeben. Jeder Gast schreibt etwas
Wundervolles auf die Karte, die am Ballon befestigt ist.
In dem Moment, wo Aris in die Luft speit, lässt jeder
seinen Ballon los; alle betrachten mit Staunen die bunte
Ballonwelle in der Luft.
Nun bittet Flo ums Mikrofon. Er springt auf Jades
Rücken, klopft es an, damit es ganz still um den See
wird; nur die Enten schnattern im Gewässer.
„Meine Freunde. Wir möchten uns nochmals ganz
herzlichst über euer Erscheinen bedanken. Wir haben
gehofft, dass welche kommen, aber seht euch um. Mit
dieser Anzahl haben wir nicht gerechnet."
Jade spricht ins Mikro: „Vielen Dank, dass ihr euch an
unsere Abmachung gehalten habt und keine Geschenke
mitgebracht habt." Sie sieht zu ihrer Familie. „Wie hätten
die drei auch alles nach Hause tragen sollen?"
Das Gelächter ist um den ganzen See zu hören. Jetzt zieht
Flo das Mikrofon zu sich. „Jetzt kommen wir zu etwas
anderem. Wir haben aus vielen Ecken das Gerücht
gehört, dass ich und Jade euch verlassen und den Betrieb

schließen werden." Jetzt sind sogar die Enten ruhig geworden und alle sehen zu Flo, der den Kopf sinkt. Er holt Luft und sieht mit einem Lächeln zur Menschenmenge. „Das ist natürlich Quatsch. Wir bleiben immer zusammen und der Hilfedienst wird ewig bleiben. Jetzt aber werden wir feiern und es uns einfach gut gehen lassen. Macht ihr mit?"

Das Jubelgeschrei und den Applaus konnte man lange hören. Flo bleibt auf Jades Rücken, denn sie hat nur ein Ziel …

Kurz darauf steht Jade vor der gigantischen Torte; Flo rutscht von Jades Rücken. Unter Blitzlichtgewitter sehen Unzählige zu, wer das Messer nimmt, und die Torte anschneidet. Jetzt kommt Nadja dazu und reicht beiden ein besonderes Messer: Es hat zwei Griffe, wobei jeder gleichzeitig das erste Tortenstück anschneiden kann. Jade bedankt sich bei Nadja für diese großartige Idee und hebt sie auf ihren Rücken. Das Freundschaftspaar setzt das Messer an und schneiden zusammen. Jade nimmt das erste Stück … und überreicht es voller Überraschung ihren Eltern. „Ihr habt keine Hochzeit gehabt, lächelt Jade. „Dafür erhaltet ihr das erste Stück."

Flo und Jade verteilen mit Hilfe von Kerstin und Ramona die Tortenstücke. Kurze Zeit später ist auch das Catering eingetroffen und baut das Essen rings um den See auf. Die einzigartige Feier läuft und läuft bis in die Nacht …

Written by Brain2206